脳科学捜査官　真田夏希

イリーガル・マゼンタ

鳴神響一

角川文庫
23287

目次

前巻「ナスティ・パープル」のあらすじ

神奈川県警の心理分析官・真田夏希は、上司から驚愕の異動を伝えられた。警察庁に新設されたサイバー特別捜査隊の隊員に夏希が選ばれたというのだ。戸惑いながらサイバー特捜隊の庁舎へ向かう夏希。だが、そこで待ち受けていたのは、夏希がよく知る人物——織田信和だった。サイバー特捜隊の隊長に任命された織田は、一昨日から銀行システムや交通系決済システムを攻撃した敵と戦うため、夏希の力が必要だという。だが、エージェント・スミスと名乗るクラッカーは、サイバー特捜隊の予想を遥かに上回る能力を持っていた。犯人たちのアクセス元を突き止めた織田たちは、犯人確保へと向かうが、それはスミスが仕掛けた罠だったのだ。スミスに身の自由を奪われた夏希と織田に、絶体絶命の危機が迫っていた。

第一章　追跡

【1】

真田夏希は赤い文字が0になる瞬間に堪えられず、両目を固くつぶった。
頭を下にして身体がぐるぐるとまわっているような錯覚に襲われる。
全身の筋肉が引きつり背中に激しい痛みを覚えた。
轟音とともに全身が吹っ飛ばされる。
つよい吐き気が襲ってくる。
数々の臨死体験研究が示すような不思議な現象に出会うのだろうか。
自分を襲うであろう感覚は、夏希には想像できなかった。

だが……。

なにも起きない。

おそるおそる夏希は目を開けた。

目の前の数字は00:00で止まっていた。

部屋のなかはどこからか漏れ来る月光でうっすらと明るい。

そっと織田信和を見ると、ぼんやりとした視線で時限爆弾を見ている。

「爆発しませんね」

夏希は静かに声を掛けた。

「ええ……たしかに」

織田は夏希へ顔を向け、低い声で答えた。

「爆弾がこわれているのでしょうか」

期待を込めて夏希は訊いた。

胸の鼓動は収まってはいない。

死を覚悟していたところに、いきなり肩透かしを食った。だが、感情の激しい波立ちが静まるものではなかった。

「油断はできません。ですが、スミスの計算に間違いがあったことはたしかなようです。本来ならふたりともバラバラになっているでしょうから」

慎重な調子で織田は答えた。

「もしかすると、最初から爆発しないようなものだったのではないでしょうか」

話しているうちに夏希は自分の考えに自信を持ち始めた。

「どういうことですか」

織田はけげんな声で訊いた。

「スミスは単にわたしたちを脅していただけではないのかと考えているんです」

「まさか……」

信じられないという声を織田は漏らした。

「わたし……視野の狭窄や意識の喪失を経験しませんでした」

夏希自身は、なにひとつ不思議な現象は体験できなかった。

「そうですね、僕も経験していません」

織田はあごを引いた。

「死に臨んだ状態で、意識を喪失する現象が起こることについてはいくつかのレポートがあります。もちろん、蘇生した人々の証言なのですが……」

「人間は死の直前に意識を喪失するということですか」

「まだサンプルが少ないので断定はできませんが、その可能性はあります。自分を守る脳の働きなのかもしれません」

「そういえば、死ぬ前には一瞬で一生を振り返るような映像が見えるって言いますね」

大きく織田はうなずいた。

「意識喪失の後に訪れる現象……自分の人生のさまざまな場面が走馬灯のように目まぐるしく現れることについても、現在は科学的に研究されています。人間ではサンプルが非常に少ないのですが、偶然に採取できたケースでは心停止の直前三〇秒間にγ(ガンマ)波の増加が観察されています。γ波は大脳から海馬(かいば)への大きなアクセスによる高認知機能で増加する脳波です」

早口でこんな説明を始めた自分が奇妙だった。

おそらくは興奮状態が続いているからなのだろう。

「高認知機能ですか……」

反対に織田はぼんやりとした口調で訊いた。

「はい、わたしたちがものごとに集中しているとき、夢を見ているとき、記憶を振り返るときなどに作用する機能を言います。さらにラットによる実験では、やはり死の直前三〇秒前から一〇秒前に検体のγ波が顕著に増大することが確認されています」

よけいな説明を自分でも止めることができなかった。

「では、走馬灯現象は科学的に存在すると実証されているのですね」

織田はゆっくりと尋ねた。

「いいえ、なにしろ人間におけるデータが不足しているので、実証されているとは言えません。でも、走馬灯現象をオカルト扱いすることはなくなりました」

夏希はうわずった声で答えた。

精神科医として、死に臨む人々のこころに寄り添う仕事も何度も体験している。臨死状態の患者が経験するといわれている現象を把握するためにずいぶん論文も読んできた。

交通事故などでも走馬灯現象を経験したという体験談はよく聞く。

もちろん自分たちは実際には爆発の危険がなかったのだから、死が迫っていた状態とは言えない。

もとより走馬灯現象などが訪れることもないとも言える。

だが、意識喪失さえなかったのだから、脳が死を予感していなかったことはたしかだ。

臨床的には意味がないのかもしれないが、夏希には自分が死ぬような運命ではなかったのだと思われてならなかった。

そんな説明をしているうちに精神的な動揺はかなり収まってきた。

「やはり爆発しませんね」

夏希は少しほっとして言葉を続けた。

「少なくとも時限装置は働かないと考えてよさそうですね」

織田は静かにうなずいた。

「このままの姿勢でいるのはつらいです」

身体はガチガチにこわばっていた。

少しでも身体を伸ばしたい。

夏希としてはずっとこの状態でいるのは堪えられなかった。

「必ず救助は来ますよ」

織田は確信に満ちた声を出した。

「安中中央署ですか……」

「はい、少なくとも我々が長野に着いたら、佐野さんは本署に連絡を入れることになっていたはずです。連絡がなければ、所轄はパトカーを呼び出します。応答がなければ、異状を感じて動き始めるはずです。あるいはもっと早く、ＧＰＳでパトカーの位置が変わらないことを知ったら、捜索を開始するかもしれません。いずれにしても、安中中央署がここを発見するのは間違いありません」

織田の言葉は自信に満ちていた。

「佐野さんはどうしているでしょうか？」

パトカーのところで攻撃を受けた佐野のことも気になっていた。

「スミスの言葉通り、対人用の催涙スプレーで、オレオレジン・カプシカム・ガス……いわゆるOCガスを使っていたとすると、二時間くらいで完全回復します」

夏希はホッとしたが、わからない言葉が出てきた。

「OCガスですか」

「トウガラシに含まれるカプサイシンを主成分としたガスです。後遺症も残りませんが、いまはまだ痛みに耐えている頃でしょう」

夏希は眼科医の経験はないが、トウガラシであれば大きな心配はないはずだ。目にトウガラシが入ると死ぬほど痛いが、失明などの危険性はない。

「あれから一時間ほどでしょうか」

「それくらいですかね。現在、午後一〇時四一分です」

不自由な腕をなんとか動かして織田は腕時計を見て答えた。

「佐野さんはまだ動けないでしょうね」

回復する二時間にはまだしばらく時間を要する。

「それに、手錠を掛けられているのは僕たちと一緒ですから、回復していても身動きできない状態ですね」

織田は難しい顔で言った。

「救助が来るまでどれくらい掛かるでしょうか」

「はっきりはわかりませんが、二、三時間のうちには来ると思います」

「そうですか……」

生きていられたのだからぜいたくは言えないが、二、三時間もこの姿勢でいるのは苦しい。

もし、目の前で爆弾が爆発したらという恐怖は消えてはいない。

いまは少しも問題がないが、トイレに行きたくなるかもしれない。

「とにかく、ここから出る方法を考えたいですね」

考え深げに織田は言った。

「でも……もし……」

夏希の不安を織田が言葉にした。

「そうなのです。スミスがこけおどしを言った保証はないのです。ただ単に時限装置に不具合が生じているだけかもしれない。振動を与えたら爆発する危険性は残っています」

織田は眉間（みけん）に深い縦じわを刻んだ。

爆発への恐怖はまったく薄らいではいなかった。

とにかくこの場から少しでも遠くに離れたい。

「わたし、やっぱり不安です」

夏希の声は震えた。

この姿勢から早く解放されたい。

一方で動こうとすることで木っ端微塵（みじん）にはなりたくない。

こんなはっきりしたジレンマに襲われることはあまりない。

「なんとかこのロープだけでも解（ほど）けないでしょうかね」

織田は自分の胸のあたりに目を落とした。

ロープが解ければ両手両足は不自由なままだが、とりあえず椅子から立ち上がることができる。

二人三脚状態とはいえ、室内でなんとか動き回ることもできるはずだ。

「スミスはあわてて縛ってましたから、もしかすると……」

夏希は言葉に期待を込めた。

「ええ、ふたりいっぺんですし、きちんと縛っていないかもしれません。とにかく静かに身体を揺すってみませんか。それくらいの振動で爆発するとは思えませんから」

織田は夏希の言葉に被せるように言った。

「わかりました」

夏希が了解の意思を伝えると、織田は肩を左右に揺すり始めた。

おどおどしながら、夏希も身体をもぞもぞと動かし始める。

身体を動かしつつも夏希の目は爆弾を凝視していた。

振動と言うほどの振動は生じていないはずだ。

爆弾は00：00を示したままで変化はない。

とりあえずホッとする。

「もう少し力を入れましょうか」

「はい、そうしてみます」

夏希と織田は踊るように身体を左右に揺らした。

「もっと大きく身体をうごかして。両腕も使ってください」

手錠を掛けられた両手の腋(わき)を開くようにして、夏希は二の腕あたりに力を込めた。

ふたりは振動に気を遣いつつ、さらに身体に力を入れていった。

一〇分ほど続けた頃だろうか。

背中のロープにいくらかゆるみが生じたような感覚が伝わってきた。

「少しゆるんだような気がします」

「あとひと息です。がんばりましょう」

明るい声で織田は励ました。

「なんとかなりそうですね」

夏希も明るい声で答えた。

「もっと腕に力を入れて」

「了解です」

さらに続けるとロープははっきりとゆるんできた。

身体の動く余裕がずっと増えた。

ついにロープはお腹のほうへと下がってきた。

「やった！」

「やりましたね」

　ふたりは顔を見合わせた。

「ゆっくり立ち上がりましょう」

「はいっ」

「立ちますよ。いいですか、せーの」

　織田の掛け声に合わせて椅子から立ち上がると、夏希たちを縛めていたロープは足もとにずるずると落ちた。

「椅子に縛りつけられていたから、身体がガチガチになってます」

　夏希は口もとがほころぶのを感じた。

「僕もですよ。あの姿勢はつらかった」

　織田の声も安堵感を帯びている。

　両腕は手首でつながれているし、織田とは二人三脚状態だが、夏希は大きな解放感を味わっていた。

「爆弾は大丈夫そうですね」

　爆弾に目を向けても変化は感じられなかった。

　夏希は吐息を漏らした。

「ええ、本当に不発なのかもしれませんね……ところで真田さん、ヘアピンは使ってますか？」

織田は唐突に奇妙なことを訊いてきた。

「いいえ。でもどうしてですか？」

夏希のミディアムの髪にはふだんはヘアピンを使っていない。

「そうか、残念だな。ヘアピンがあれば、なんとかなったのに」

「本当ですか」

驚いて夏希は訊いた。

「この手錠はおそらく玩具です。ワンタッチで外れる安全装置はありませんが、警察で使っているものではない。鍵もそれほど堅固なものではないはずです。ゼムクリップがいちばんいいんだが、ヘアピン、とくにUピンなら開けることができると思います。でも、僕はヘアピンは使いませんので……」

最後の言葉は冗談なのだろう。織田のこころには余裕が戻ってきているようだ。

「すみません、役に立たなくて」

ひっつめ髪なら常時、使っているだろう。残念だった。

「いや、いいんです。とにかく、少しでも爆弾から離れましょう。とりあえず、階段のところまで二人三脚で動くことにしませんか」

「あそこですね」

入口とは反対側に二階に続く階段が見えている。

「念のため、振動を与えないように注意したほうがいいです。肩を組めないので不自由ですが、なんとか歩調を合わせて動きましょう。僕が右足を出したら、続けて左足を出してください」

「はい……」

夏希は緊張した声で答えた。

「そうだ、そのライト持ってゆきましょう」

織田は両手でコンクリートの床に落ちているフラッシュライトを指し示した。

ふたりはなんとかライトが転がっている位置まで進んだ。

息を合わせてしゃがむと夏希はフラッシュライトを拾い上げた。スイッチは切れていた。動かない両腕でなんとかパンツのポケットに入れた。

「あれ……」

織田は床に落ちている小さな黒っぽいものを拾い上げた。

「なんです？」

「いえ、短いストラップのようなものでした」

スーツのポケットにそれを入れると、織田は階段の方向に視線を移した。

「一歩ずつ進みます。転ばないように気をつけて。じゃあいきますよ」

織田はゆっくりと最初の一歩を踏み出した。

続けて夏希も左足を踏み出す。

「うまいうまい、その調子です」

織田の二歩目に合わせて、ふたたび夏希は左足を踏み出した。

最初は文字通り薄氷を踏むようだった夏希たちの歩みは、だんだんとシステマティックに進み始めた。

二人三脚は意外と難しくはなく、ふたりは階段の下まで進むことができた。

「脱出できる場所を探したいですが」

「あの窓は無理ですね……」

あらためて見まわしても、室内には出入口の鉄扉の左右にあるふたつの窓しかない。

窓にはアルミの格子が入っている。

鉄扉には、スミスが南京錠を掛けた。

窓格子を外すことや、南京錠を開けることはできないものだろうか。

だが、スミスが警告していたとおり、大きな振動が生ずることは間違いない。

その振動がきっかけで爆発するおそれは否定できない。

「織田さん、二階に上がってみてはどうでしょうか」

「二階ですか……」

室内を見まわした織田は、階段へと視線を移した。

「この部屋の薄ら明かりは月の光ですよね。出入口のところにも格子窓があります。でも、よく見ると、階段の上のほうも月光が入っているように見えるんです」

「そうですね。薄ぼんやりと明るい」

「とすれば、二階のどこかに窓かなにかがあるような気がします」

「真田さんと同じ考えです。光が漏れてくるところに脱出できる場所があるかもしれません」

二階を見上げながら織田はあごを引いた。

「階段を上るのは厳しいですが……」

「ひとつ間違えれば転んで大けがをするおそれがありますね。それに大きな振動で爆発する心配もあります」

眉間にしわを寄せて織田は言った。

「でも脱出したいです」

夏希は織田の目を見つめてはっきりと言った。

「気をつけて上ってみましょう」

「どうすればいちばん安全でしょうか」

「そうですね……」

ふたりは階段を下から見上げた。

あらためて見ると、階段は蹴込み（けこみ）のないスケルトン構造で一四段だった。

木製の古いもので、一般の住宅のものよりやや傾斜がきつい。

ステップの幅は一メートルほどで、踊り場などはなくまっすぐ二階に続いている。

右側は壁面となっていて手すりが設けられている。左側には手すりがなくオープンになっていた。

夏希も織田も両手に手錠を掛けられているので、手すりをつかんで身体を支えることはできない。

「背中を手すりにつけて、横向きに上るのがいちばん安全ではないかと思います。視界を確保し続けることができますから。自分たちの位置や姿勢がわからなくなると足を滑らす危険性が増すでしょう」

「わかりました」

「身体の向きを変えますよ」

織田は言葉を掛けると姿勢を横向きにしようと右足を踏み出した。

これに従って夏希も左足を踏み出し、ふたりは壁側を背に横向きとなった。

「さぁ、一歩ずつ上りますよ」

「了解です」

夏希たちは慎重に慎重に一歩ずつ階段を上っていった。

うんざりするほどゆっくりと視界が変わって、夏希たちはついに二階の床に立つことができた。

二階も一階と変わらず、ガランとした空間だった。

埃(ほこり)がたまった床は木製だった。

部屋の隅にはどんな用途に使っていたのか、かなりの量の白っぽい布が置いてあった。

よく見ると、学校や会社の運動会で使っているような集会用テントの幕体だった。

かたわらには錆(さ)びた骨組みが畳んでおかれていた。なにかの行事で使うためにここに置いてあるものだろうか。

さらに中身はわからないが、錆びかけたドラム缶がふたつ置いてあった。

「窓があります」

夏希はかすれた声で言って両手で階段とは反対側の壁を指さした。

二箇所のサッシ窓が穿たれていて、そこから月光が漏れている。

幸いにも格子は入っていなかった。

「あそこまで行ってみましょう」

ふたりは足並みをそろえて、窓に近づいた。

古いアルミサッシの引き窓は腰高窓と呼ばれる床から九〇センチほどのもので、どこでも見かける平凡な構造だった。梨地ガラスが入っていて窓の外の景色は見えない。

「これ、開けられますよ」

窓に目をこらしていた織田は明るい声で言った。

「よかった」

ステンレスのクレセントで施錠されているが、簡単に開けられそうである。

織田は姿勢を変えて、両手をクレセントに伸ばした。

「ずっと開け閉めされていなかったんでしょう。けっこう固いな」

何度か力を込めているうちにクレセントは手前に倒れた。

「さてさて下はどうなっているかな」

歌うように言って力を込めて織田は窓を開けた。

埃が舞い散り、窓はズズと嫌な音を立てて開いた。

夏希と織田はいっせいに窓から顔を出した。

夜気のなかに杉の香りが混じって気持ちが少しだけやわらいだ。

見上げると、かなり高い位置に少し欠けた月が輝いている。

月光のおかげで屋外は灯り(あか)がなくとも行動できるくらいに明るい。

「しめた。下はコンクリートじゃなくて土ですよ。しかも余計なものがない。ここから脱出できます」

織田の声が明るくあたりに響いた。

夏希も窓の下を眺めた。

杉林との間に幅五メートルほどの空き地があって、一面に背の低い草が生えている。

幸いなことに鉄骨や木材のような資材などは置かれていない。

「三メートルくらいありますね……」

だが、夏希の胸に不安が湧き上がってきた。

この高さで飛び降りた場合、正確な統計はわからないが、無傷で済むのは三分の一程度だ。

残りは捻挫と骨折が半分ずつくらいの割合で発生する。

しかも、夏希たちは両手と片足を手錠で縛められた状態である。たとえば柔道の受け身のような体勢をとることは不可能だ。

「たしかにけがをする危険性は低くはないですね」

低い声で織田はうなった。

「そう思います」

夏希はまわりを見まわした。

残念ながら建物から庇が出ているわけでもなく、雨樋なども設けられていない。

飛び降りるとしたら、一挙に三メートルとなる。

「このまま救助を待ちますか……」

織田も思案顔になった。

「早くここから解放されたいですが……」

夏希は情けない声を出した。

「そうだ、テントの幕体を使いましょう。あれを下に落としてクッションにする。なんとか窓枠にぶら下がって地面との距離を縮める。ふたりでタイミングを合わせて足から飛び降りる。この方法ならいくらか危険は避けられるのではないかと思います」

自信のある口ぶりで織田は言った。

「わたしには手錠を掛けられた両腕で窓枠にぶら下がれるだけの力はないです。それに……」

夏希は言いよどんだ。

「どうしました？」

「外壁で擦って顔を傷つけるかもしれない……」

小さな声で夏希はつけ加えた。

下手な降り方をして顔が傷だらけになるのは怖かった。

「やはり無理ですか……距離を縮めるのがいちばんいいんですがね」

織田は思案顔になった。

「とにかくテントを見てみましょう」

テントに視線を移して織田は言った。

夏希たちはテントへと二人三脚で歩み寄った。

ふたり同時にしゃがみ込んで確認する。

歩いたり階段を上ったりしてきたので、ふたりで息を合わせるとある程度の身体の動きができるようになってきた。

「なるほど、それほど古くはない幕体ですね。放置されているものではないようだ。骨組みもそれほど錆びていない……あっ」

テントを確認していた織田がいきなり小さく叫んだ。

「どうかしましたか？」

夏希は驚いて訊いた。

「真田さん、僕たちツイてきましたよ」

嬉しそうに織田が指さしたのは骨組みのスチール支柱だった。テントを張ったときに地面から立ち上がる部分である。

その柱に長い針金が結びつけてある。

「針金ですね」

織田は針金の端をつかんで状態を確かめている。

「ええ、こうしたテントは強風のときに転倒することを避けるために地面にペグを打って針金を張ることがあるんです。正しい方法とは言えませんが、安直にこの手を使う人は少なくない。しかもこの針金は表面しか錆びてなくて強度は保たれている。ラッキーです」

織田は歌うように言うと、針金を支柱から外し始めた。

針金が外れると、一〇センチくらいの長さのところで織田は何度も曲げ始めた。

やがて一〇センチほどの針金の棒が生まれた。

織田はその先を軽く曲げた。

「できた！」

織田の声が弾んで、夏希の気持ちも弾んだ。

「まずは真田さんの両手の手錠から外します」

「よろしくお願いします」

夏希は両腕を突き出した。

織田は右手に掛けられた手錠の鍵穴（かぎあな）に針金を突っ込むと、真剣な顔つきで小さく動かし始めた。

わずか三分ほど経った頃だった。

いきなり夏希の手錠でカチャッという小さな音が響いた。

「開きました！」

夏希が手首をよじるように動かすと、右手の手錠がゆるみ始め、やがて外れた。

右手が自由になっただけだが、かなりの解放感が生まれた。

「今度は左手をいきますよ」

織田はやはり三分ほどで夏希の左手の手錠を外した。

続けて織田は自分の左右の手錠を外し、夏希の右足首に掛けられた手錠と自分の左足首に掛けられた手錠を次々に外した。

二〇分ほどで夏希と織田を縛めていた手錠は三つとも床に転がった。

「ああ、よかった。織田さんありがとうございます」

夏希は喜びの声を上げた。

「なんだか生き返ったような気分です」

織田の声ものびやかだ。

大きくのびをして解放感を味わった。

かがみ込んだ織田は落ちていた三つの手錠を拾い上げてスーツのポケットに入れた。

「さぁ、今度は脱出です。まずは幕体を運びましょう」

「了解です」

夏希と織田は幕体をふたりで抱えて窓辺まで運んだ。

かび臭く、埃(ほこり)が身体についたが、この際そんなことは気にしていられない。

「真下に落とします」

「はい、わかりました」

「いきますよ、せーのっ」

ふたりは息を合わせて窓から幕体を落とした。

織田の意図したとおり、幕体は窓の下にドサッと落ちた。

「さあ、窓枠に摑まってなるべく地面との距離を縮めます。僕がやってみますからよく見ていてください。真田さんは僕が下に降りて、声を掛けてから飛び降りるようにしてくださいね」

言葉が終わらないうちに、織田は窓枠に両手を掛けた。

夏希はあわてて窓辺に寄った。

織田は身体を伸ばして両足を次々に窓枠の上に掛け、同時に左右の手を順番に放しては窓をつかんだ。

窓の右側に寄って覗き込むと、織田の姿勢は外壁側に顔を向けて両手で窓枠をつかんでいる状態となっている。

「この状態から、顔を外壁にこすらないようにいくらか後方に力を入れて、地面へと静かに飛び降ります。この高さなら僕の場合は一・二メートルくらい。真田さんでも一・四メートルくらいしかないから大けがをすることはありません」

織田は夏希を見上げるようにして言った。

「わかりました」

夏希は織田の姿勢をよく見てから地面を見下ろした。

たしかに足先と地面の間にはたいした距離があるわけではない。いくぶん安心した。

「では、降りてみます。えいっ」

掛け声とともに織田は両手を放した。

次の瞬間、織田は両の足でしっかりと幕体の上に立っていた。

「ケガはありませんか」

大きな声で夏希は訊いた。

「大丈夫です」

織田は両手で大きく円を作った。

「では、わたしも……」

夏希は少し震える声で言った。

スポーツは得意なほうではない。子どもの頃は体育の授業は大嫌いだったし、特定のスポーツをきちんとやったこともなかった。

「ちょっと待ってください。幕体に足がからむと危ない。ちょっとかたちを整えます」

織田は幕体をしっかり畳んで敷き直した。

「では、真田さん、さっきの僕と同じような姿勢になってみてください」

正直、自信はなかったが、頑張るしかない。

夏希は歯を食いしばって、窓枠を越えた。

左右の手を次々に放すときが怖かった。

ドキドキしたが、無事に織田と同じような姿勢を取れた。

「いい感じです。いよいよ飛び降ります。背中側に少し力を入れて外壁に顔をこすらないように静かに下へ降りてください」

織田は穏やかな声で言った。

「いきます」

夏希は左右の手を放した。

次の瞬間、すーっと涼しい風が駆け抜けた。

続けて全身にあたたかさを感じた。

織田が緩衝材となって抱き留めてくれたのだ。

両の足はきちんと幕体の上に立っていた。

「どこにも痛みを感じていません。ありがとうございます」

夏希ははっきりとした声で織田に告げた。

「よかった。脱出成功ですよ」

耳元で織田が言った。

「嬉しい！」

夏希は思わず織田に抱きついてしまった。

織田のコロンの香りが夏希を包んだ。

「ごめんなさい」

「いえ……」

ふたりともちょっと気まずい思いで身を離した。

「さて、佐野さんを救出しましょう」

織田は力強い口調で言った。

自分たちが閉じ込められていた忌まわしい倉庫から細道を下ってゆく夏希は、虎狼の顎から逃げ出すような気持ちを味わっていた。

【2】

細道から県道五四号に戻ると、自分が生還できたという喜びが全身を包んだ。

見上げる月も清々と蒼く輝いている。

五〇メートルほど坂を下ると、佐野の姿が見えた。

パトカーに背をもたせかけた佐野は体育座りのような格好をしていた。

「佐野さんっ」

夏希は佐野に駆け寄っていった。

「真田分析官……ご無事で」

弱々しい声で佐野は答えた。

佐野はぼんやりと夏希の顔を見ているが視点が合わない。

「一時はどうなることかと思いましたが、もう大丈夫です。佐野さんは平気ですか？」

「まだ目が痛くて、視界がぼんやりとしています……が、大丈夫です」

パチパチと佐野は目を瞬いた。

「二時間くらいで回復すると思います。もうしばらくの辛抱です」

織田が近づいて来て声を掛けた。

「織田隊長、すいません」

佐野は織田に向かって頭を下げた。

「スミスは狡猾な男です。佐野さんが謝ることじゃありません」

おだやかな声で織田は言った。

「でも、俺がもう少し注意深く行動していれば、ヤツに負けるようなことはなかったんです。織田隊長や真田分析官を守れなかったのは俺の落ち度です」

がっくりと肩を落として佐野は詫びた。

「自分を責めないでください。あなたは警護官じゃないんだし、わたしたちだって警察官なのです。それなのにすっかりスミスに翻弄されました」

織田はやわらかい声を出した。

「でも、本当によかったですよ。おふたりがご無事で」

「両手と片足を手錠でつながれて椅子に縛りつけられて、この先の倉庫に閉じ込められたんです。おまけに目の前で時限爆弾がカウントダウンし始めたんだ。大げさでなく生きた心地がしませんでしたよ」

織田はちょっとおどけたような声で言った。

「そんなことしやがったんですか。あのスミスって野郎は」

佐野の声には怒りがこもっていた。

「とにかく、群馬県警に爆発物処理班を出してもらわなければなりません。倉庫を監視する要員も必要です。それ以前に佐野さんは病院に行くべきです。応援を呼びたいのです」

織田の言葉に佐野はうなずいた。

「もちろん、本署に連絡を入れなきゃなりません。でも、本署からここまでは三〇分以上は掛かります」

「そうですね。その前にいったんここから至近の駐在所に連絡を取って応援に来てもらいたいですね。早く駐在所に行って、佐野さんの目を洗わなきゃ」

織田の提案を、夏希はあわてて打ち消した。

「トウガラシが目に入った場合には水で洗い流さないほうがいいです」

「そうなんですか？」

佐野は驚きの声を上げた。

「ええ、食用油などをしみこませた布で目のまわりをしずかにぬぐって成分を除去するのが効果的だと言われています。カプサイシンは脂溶性で水には溶けないのです」

「なるほど、では、駐在所でサラダオイルでも借りましょう」

織田はうなずいた。

もちろん佐野の目も気になるが、夏希としてもいつトイレに行きたくなるかわからない。できれば早くどこかの施設に行きたかった。

「とにかくパトカーの無線で本署に連絡を取らなくては」

佐野の言葉に夏希は顔の前で手を振った。

「ダメです。わたしスミスの命令でパトカーのキーを林に捨てました」

夏希が言うと、織田はパトカーに足を進めて、ドアノブを引いてみた。

「やっぱりロックしてありますよ」

浮かない顔で織田は言った。

「スミスは後からパトカーをロックしたんだと思います。わたしのスマホを奪うって言ってましたから」

夏希の言葉に佐野はうなずいた。

「たしかに、そんな音が聞こえていましたよ。念の入った野郎だな」

歯がみするような口調で佐野は言った。

「僕のスマホも倉庫内でスミスに盗られました」

「なんて野郎だ。とにかくパトカーのキーがないと、手錠も外せない……」

佐野はぼんやりとパトカーを見た。

「キーを捜しますかね……いや、時間が掛かるな。いくら月が明るいからって林の中からキーを見つけるのは難しい」

織田は思案顔で言った。

「わたし捨てたあたりを覚えているんで、いちおう見てみます。織田さん、ライト貸してください」

夏希は織田からフラッシュライトを受け取って、スミスにキーを捨てさせられたあたりの草むらに歩み寄った。

何度か照らすうちに草の間にキラッと光る反射が見えた。

夏希は反射の見られた場所に歩み寄った。

草むらのなかに二〇センチほどの低木があって、その枝に銀色の輝きが見える。

「やった！」

小躍りしたい気分で夏希は叫んだ。

パトカーの鍵は低木の枝に引っかかっていた。

「ありましたよ！」

夏希はキーを手にすると、織田と佐野の待つ場所に小走りに戻った。

「よかった！　佐野さん、僕がドアを開けてもいいですか」

「もちろんです。お願いします」

織田はパトカーの助手席のドアを開けた。

車載無線機からは安中市内の交通事故に関係する交信が聞こえた。

「グローブボックスに予備の手錠と鍵があるんでお願いできますか」

佐野はうしろでつながれている両の手を合わせて頭を下げた。

警察の手錠は共通キーであることが多い。

「本当ですか！」

織田は明るい笑みを浮かべた。

「ええ、自分の右の胸ポケットにグローブボックスのキーがあります」

佐野のポケットから織田は小さなキーを取り出した。

「ああ、これですね。ちょっと待ってください」

パトカーのなかに上半身を乗り入れて、織田はごそごそやっている。

「ありました！」

一本の小さな鍵を織田が手にして、佐野の手錠を解錠した。

「やっぱり、ほっとする。逮捕された被疑者の気持ちがわかりますね」

佐野は手錠を外して軽くのびをした。

「佐野さんのスマホもありましたよ」

織田は銀色のスマホを佐野に手渡した。

「ありがとうございます。地域課のPSD端末なんです」

地域課員に配備されている警官専用のスマホだ。

「すみません、本署に連絡を取ってもらえますか。途中から僕が代わります」

「緊急配備の要請ですか」

佐野は織田の顔を見て訊いた。

「いえ、スミスが逃げてから時間か経ちすぎています。もう緊急配備の網には引っかからないでしょう。現場の事後処理を依頼します」

織田は眉間にしわを寄せて答えた。

「わかりました」

織田と佐野は上半身をパトカーに乗り入れた。

「安中中央7よりPS。安中中央7よりPS」

佐野はマイクのトークスイッチを押すと話し始めた。

「PSより安中中央7。メリット4で入感。目的地に到着したか？」

「緊急事態発生！」

「なんだって？」

交信相手の係官の声が裏返った。

「県道五四号倉渕川浦温泉はまゆう山荘から一キロメートルほど進んだ地点で午後九時四〇分頃、暴漢に襲われた。暴漢は逃走したが、現地近くの倉庫に爆発物が残留している。至急の応援を依頼する。現場はPCのGPS座標に同じ。繰り返す……」

佐野はこわばった声で事件内容を告げた。

この場合のPCはパトカーを指している。PSは警察署（Police Station）のことだ。夏希もこの手の警察用語はある程度は覚えてきた。

「PSより安中中央7。了解、直ちに応援を派遣する。現地にて待機せよ」

通信係の声にも緊張がみなぎっている。

「佐野さん、マイクを」

「はい、お願いします」

織田の口もとに佐野はマイクを持っていった。

「警察庁の織田です。爆発物処理班をよこしてください。また、付近の駐在所から応援を頼みます。佐野巡査部長は催涙スプレーにより受傷しています。救急車の必要はないと思いますが、我々はいったん駐在所にお世話になりたいのですが」

織田は通信係にていねいに頼んだ。

「了解しました。その地域ですと、高崎北警察署管内で、管轄するのは倉渕駐在所です。駐在所員を至急、現場に急行させます。一〇キロ程度の位置です。何かありましたら、またご連絡ください」

通信係もていねいな口調で返信した。

「ありがとうございます。よろしくお願いします」

「しばらくお待ちください。通信終了します」

無線はそれきり切れた。

織田と佐野はパトカーに入れていた上半身をもとの体勢に戻した。

「俺、拳銃(けんじゅう)盗られたからクビですかね」

力ない声で佐野は言った。

「状況は僕がいちばんよく知ってます。クビになんかならないように県警と話をつけます」

織田は頼もしく請け合った。

「あの野郎は、拳銃をパトカーの左手あたりの林のなかに捨てたような気がするんです」

はっきりしない口調で佐野は言った。

「本当ですか！」

夏希はちいさく叫んだ。

「目が痛くてうなってたからはっきりわからないんですが、そんな音が聞こえてました……」

佐野は自信なさそうに言った。

「スミスは拳銃を捨てていったのか……」

織田は低くうなった。

「わたし、念のため佐野さんの拳銃を捜してみます」

夏希はフラッシュライトを手にして、ふたたび草むらを照らし始めた。

パトカーのキーを見つけた場所から三メートルほど右手に違和感を覚えた。

スミスのバイクが倒れていた左手の草むらである。

「あれ……」

草むらの一部になにかが見える。黒っぽい塊だ。

夏希は胸の鼓動を抑えてその付近に歩み寄った。

「あった！」

間違いない。佐野が盗られたリボルバー拳銃だ。

夏希はハンカチで拳銃をつかんで佐野に見せた。

「佐野さん、見つけましたよ」

「ありがとうございますっ！」

佐野は大きな声で叫んだ。

「真田さん、ナイスです！」

織田は調子よく言って素手で拳銃を受け取った。

「規則に基づいて、これはホルスターに入れときましょう」

にこやかに言って織田は拳銃を佐野に渡した。

「あ、はい……」

佐野は受け取った拳銃を吊り下げ紐に装着してホルスターにしまった。

織田はもしかすると、拳銃を盗られた件を不問にするつもりなのかもしれない。

スミス自身が拳銃を捨てていったという事実は、本気で誰かの生命身体に危害を加えるつもりはないことを示唆していた。拳銃を奪ったのは夏希たちを拘束するための手段に過ぎなかったのだろう。拳銃を持っていればいつかは足がつくかもしれない。捨て場所には困るものだから、この場に放り出していったのに違いない。

「これでなんとかできますね。拳銃は盗られなかったんです。クビになどなりませんよ」

ゆったりとした顔で織田は笑った。

「お、織田隊長……」

織田の心づもりがわかったのか、佐野は震え声で言った。

「かっこ悪いところを見せたのは僕も同じです。あんまり詳しいことは上司に言わないほうがいいです。そのあたりは明日あたり僕から安中中央署の小坂署長に一報入れときますよ。佐野さんは僕から連絡があるので待ってほしいと言っといてください」

織田は片目をつむった。

小坂署長も織田には借りがある。織田の根回しは間違いなく効果を発揮するだろう。

ただ、大きな問題が残る。スミスの公務執行妨害罪や逮捕監禁罪を隠し続けることはできない。群馬県警に応援を頼んでいるのだ。また、爆発物処理班を呼んでいるわけだから、爆発物取締罰則違反も表に出ている。

なによりも拘束された際に写真を撮られた。スミスがあれをばら撒けば、隠すどころの騒ぎではなくなる。

織田が今夜の一件をどう扱おうとしているのか、夏希にはわからなかった。

もっとも織田の力で、佐野の拳銃紛失だけは警察内部で処理できるのかもしれない。

「あのスミスって野郎は何者なんですか」

尖った声で佐野は訊いた。

「僕の宿敵です」

織田はまじめな声で低く答えた。

そのとき峠を上ってくるエンジン音が響いてきた。

すぐにヘッドライトの灯りが迫ってきた。

「おお、駐在所員さんが来てくれたようですね」

坂の下を眺めて織田が言った。

軽自動車よりちょっと大きいくらいのシルバーメタリックのクルマが近づいて来た。

パトカーではなく、ホンダ・フィット……ふつうの乗用車だった。

フィットは夏希たちのすぐそばまで来て停まった。

なぜか助手席から地域課の活動服を着た五〇代くらいの警察官が降りてきた。

「倉渕駐在ですが……」

男は夏希たちのほうを見てぼんやりと言った。

あまり詳しい事情は知らされていないのだろう。

丸顔に垂れ目の人のよさそうな警察官だ。

「ご苦労さま。安中中央署の佐野と言います」

佐野は親しげに答えた。

駐在所員の胸の階級章を見ると、佐野と同じ巡査部長だった。

「ああ、あんたが被害を受けたっていう人か」

駐在所員はのんびりとした調子で答えた。

「そうだ、俺がやられたんだ。ところで、こちらは警察庁の織田警視正と真田警部補でいらっしゃいます」

「えっ！　け、警視正っ」

駐在は目を剝いた。

「高崎北警察署倉渕駐在所員の中江巡査部長です。ご苦労さまです」

背筋を伸ばして中江は挙手の礼を送った。

「こんな時間に駆けつけてもらってすみません」

織田は如才ない態度を返した。

「とんでもないです」

「ところで、クルマを運転しているのは誰ですか」

フィットへ目をやって織田は尋ねた。

夏希も気になっていたことだ。

「はい、あの、その……家内であります」

決まり悪そうに中江は答えた。

「奥さんですか。それは申し訳ないなぁ」

織田は恐縮した顔で言った。

「いえいえ、かまわんのです。実はわたし、ちょっと飲んじゃっておりまして……運転ができないのですわ。可能ならこちらへ駆けつけろという本署からの命令でしてね。お困りだろうと思いまして、仕方なく家内に運転させて参りました。まぁ、あいつはぬかみそ食べただけで酔っ払っちまう性質なんで」

中江は頭をかいた。

「お休みのところ、中江さんにも申し訳ないことです」

「いえ、お役に立てて光栄です」

しゃちほこばって中江は答えた。

「実はお願いがあるんですよ。この先のカーブ右手に倉庫があるのはご存じですか」

織田は県道の先を指さした。

「はい、知っております。ふだんは使用されておりませんが、九月の群馬ジャズフェスティバルや一一月の烏川渓谷ロードレース大会のときにはいろいろな資材を置いたり、オフィシャルの休憩所などに使います。所有者は倉渕地区の者です」

なるほど、それで集会用テントも置いてあったのだろう。

「あそこに爆発物の疑いのあるものが置かれています。すでに群馬県警に爆発物処理班に来てもらうようお願いしてあります」

織田はさらりと言ったが、中江はのけぞった。

「ば、爆発物ですか」

目を見開いて中江は訊いた。

「たぶん、爆発しないと思うのですが、犯人が爆弾だと宣言した以上は放ってはおけません」

「そ、そうですね」

中江の顔には緊張感がみなぎっている。

「勤務時間外に恐縮ですが、建物に近づく人がいないように細道の分岐点に規制線テープを貼ってもらいたいんです。テープはお持ちですか？」

「はい、いちおう持って来ました」

「それで、さらに恐縮なんですが、そのあたりで爆処理が来るまで見張りをお願いしたいんですよ」

「了解です。三〇分くらいで本署の連中が来るでしょうから」

中江は大きくうなずいた。

「お願いはまだあります。申し訳ないが、あの倉庫の横に集会用テントの幕体が放り出してあります。お帰りの際に倉庫にしまってください」

「ぜんぜん問題ありません」

きまじめに中江は答えた。

「さらにもうひとつ。佐野さんは催涙スプレーで攻撃を受けたので駐在所で目を手当させて頂けると助かるんですが」

「そんなこと、なんでもありません」

「最後のお願いです。僕たちを倉渕駐在所で少し休ませて頂けませんか。一時間内外ですので」

ことさらに丁重に織田は頼んだ。

「お安いご用です。ちょっとお待ちください」

中江はフィットに小走りで駆け戻っていった。

運手席の窓が開き女性が顔をのぞかせた。

彼女になにやら話している。

すぐにドアが開き、白いジャージ姿の中江と同じくらいの年頃の女性が降りてきた。

「佳枝です。主人がいつもお世話になっております」

佳枝と名乗った女性はしっかり頭を下げた。

似たもの夫婦というのか、佳枝夫人も中江と同じような丸顔で人のよさそうな容貌だった。

「いや、お世話になるのは僕たちですよ。駐在所で休ませて頂きたいのです。こんな時間に申し訳ありませんねぇ」

織田は愛想よく答えた。

「いいんです。うちは子どもも巣立っちゃってますんで暇ですので」

佳枝はころころと笑った。

「おい、なんて口の利き方をするんだ。こちらは警察庁の方でうちの署長より偉いんだぞ」

中江が妙なたしなめ方をした。

「すみませんねぇ。こんな田舎に引っ込んでるもんですから。きちんとあいさつもできませんで」

佳枝はにこやかに頭を下げた。

「ご主人にはこちらに残って頂くようにお願いしました。数十分のことだと思いますが、お迎えにきてあげてください」

織田はやわらかい声で頼んだ。

「ええ、お酒を飲んだときの送り迎えは、わたしの仕事みたいなもんですから、さぁ、乗ってください」

明るい声で佳枝は後部座席のドアを開けた。

「あの、織田隊長」

佐野が遠慮がちに声を掛けた。

「ああ、佐野さんも乗せてもらいましょう。パトカーに鍵掛けてくださいね」

「いや、自分のパトカーでお供します」

佐野は首を横に振った。

「運転できる状態なんですか」

織田は心配そうに訊いた。

「実は目はまだチリチリしますけど、視力は完全に戻りました。問題ありません」

目を瞬きながら佐野は答えた。

「わかりました。一〇分程度ですものね。つらかったらクラクションで教えてください」

織田はうなずいてフィットに乗り込んだ。

夏希もあとから続いた。

佳枝はすぐにフィットを始動させた。

佐野のヘッドライトが後方で光っている。

「倉渕は独立した一村だったんですよ。二〇〇六年に高崎市に編入されて高崎市倉渕町になりました。でもね、倉渕としての独立性は高いと思うんですよ。わたしはもともとここの出身なんで、高崎市民と言われてもしっくりこないですねぇ」

佳枝は声を立てて笑った。

「なるほど、最寄りの駅はどちらなんですか」

織田は如才なく答えた。

「新幹線の安中榛名駅です。榛名山もうちの村……じゃなかった、倉渕町内にあるんです」

聞きたくもないあの駅の名が出た。最寄り駅が遠いことに夏希は驚いた。

「へぇ、そうなんですか」

「もともと倉渕には鉄道は走ってないんですよ。林業が中心ののどかな場所なんで、事件というのもほとんどなくて。うちの主人ものんきにやってます」

のんびりとした調子で佳枝は言った。

「やさしそうなご主人ですね」

夏希の言葉に、はにかむように佳枝は言った。

「まぁ、そうですね。ちょっとおっちょこちょいですけど」

県道五四号と国道四〇六号が分岐する倉渕小学校からちょっと高崎方向に戻ったところに駐在所はあった。

【3】

夏希たちは佳枝に案内されて駐在所の執務室に入った。

「失礼します」

後から佐野も入って来た。

佳枝が折り畳みのパイプ椅子を三脚、用意してくれた。

「いまお茶淹れますから」

佳枝はドアの向こうの居住スペースへ向かった。

「奥さん、どうぞおかまいなく」

織田が代表して背中に声を掛けた。

「あのお手洗いをお借りできますか」

夏希はそろそろ限界になっていた。

「右手の奥です」

佳枝が指さす先にトイレがあった。

間に合ってよかった。ほっとしつつ夏希は執務室に戻った。

佐野は目の手当をしているのか姿が見えなかった。

織田が執務室の固定電話でどこかへ掛けている。

「そういうわけだから、こちらの到着時刻はまだ読めないんですよ」

相手は横井だろうか。

「ええ、どうしても明け方前には到着したいと思っています」

織田は電話を切るとトイレに立った。

建物の奥から佐野が戻ってきた。

「佐野さん、大丈夫ですか？」

夏希が心配な顔を見せると、佐野は明るい顔で答えた。

「はい、いま奥さんにサラダオイルを頂いて目のまわりを何度も拭ったら、チリチリも消えました。視力も問題ありません。ご指導ありがとうございました」

佐野は夏希に向かって頭を下げた。

「よかった。たぶんもう心配ないと思いますよ」

夏希は笑顔で言った。

しばらくすると、織田が戻ってきた。

「織田隊長、お願いがあります」

思い切ったような声で佐野は言った。

「なんでしょう」

「自分に長野市まで送らせて頂けないでしょうか」

織田の目を見つめて佐野は言った。

「でも、目は大丈夫なのですか」

気遣わしげに織田は訊いた。

「完全に復活しました。もう大丈夫です」

力づよく佐野は答えた。

「佐野さんさえ大丈夫なら、僕としては大変に助かります。群馬県警に新たにパトカーを出してもらうつもりでしたから」

　嬉しそうに織田は言った。

「ご心配をおかけしました。病院に行く必要はありません。ぜひ長野市までお供させてください」

　佐野はきっぱりと言いきった。

「すみませんね、いろんなことに巻き込んでしまった上に、夜通し働かせてしまって」

　織田はかるく頭を下げた。

「いえ、自分はこの任務を最後までまっとうしたいのです」

　背筋を伸ばして佐野は言った。

「では、お願いしたいです」

　織田は佐野の目を見てしっかりと頼んだ。

「ありがとうございます」

　佐野は身体を深く折った。

「で、どんなルートを考えていますか」

「高速はもう問題はないはずですから、倉渕から安中榛名駅を通って松井田妙義インターから上信越道に乗ります」

「逆コースを行くのですね」

「はい、癪ですが、それがいちばん早いと思います。一三〇キロくらいですから、二時間ちょっとで長野市の現場には到着できると思います」

「すると、午前二時から二時半くらいには現場に到着できますね」

「はい、上信越道の事故渋滞でもない限り、間違いないと思います」

「では、出かけましょう」

織田はにこやかにほほえんだ。

「お茶が入りましたよ」

佳枝が木の盆に三つの茶碗と和菓子を山盛りにした鉢を持ってきた。

「いや、奥さん、申し訳ない」

織田は如才なく礼を言って茶碗を手に取った。

「いただきます」

あたたかい茶が夏希の胸に染み渡るように感じた。

「へぇ、小栗公最中ですか。もしかすると幕末の偉人である小栗上野介忠順にちなむものですか」

手に取った菓子の白い包み紙を見ながら織田が訊いた。

「はい、そうですそうです。その小栗さまです」

佳枝は嬉しそうに身を乗り出した。

「でも、なぜ小栗上野介の名を冠したお菓子がこちらに？」

織田は不思議そうに訊いた。

「この近くの権田(ごんだ)という土地は小栗さまのご領地だったのです。お墓も近くの東善寺(とうぜんじ)にあります。地元の者はみんな小栗さまと呼んで親しんでいるんです」

ちょっと誇らしげに佳枝は胸を張った。

「すみません、わたし小栗さまを知らなくて」

夏希は歴史には暗い。

「幕臣で勘定奉行、軍艦奉行などの要職をいくつもつとめた英邁(えいまい)な人物です。アメリカ合衆国への渡航経験から幕末日本の近代化に尽力しました。横須賀(よこすか)製鉄所という名の造船所を建設したり、幕府陸軍をフランス軍人に指導させてヨーロッパ的な軍隊に改変したりといくつもの功績があります。ただ、その才能を危険視した新政府軍によって生命を奪われました」

織田はさらさらと答えた。

「さすがですねぇ。自分は群馬県人ですが、初めて聞いた名前です」

佐野は妙に感心している。

「あはは、ちょっと歴史は好きなもんで。横須賀駅近くのヴェルニー公園に銅像がありますよ」

横須賀と聞いただけで、胸の奥にチクッとした痛みを覚えた。

わずか二日なのに、もう夏希は神奈川県警ホームシックに罹っているらしい。

「それより、これ、美味しいですよ」

織田は先んじて最中に手をつけていた。

「いや、これは美味いな。自分も初めて食べます」

言葉に誘われ、手を出した佐野は舌鼓を打った。

「たしかに美味しいです」

甘さがくどくなく上品でパリッとした皮とのコンビネーションがいい。

甘いものは疲れた身体に大きな逸楽と平安を与えることを夏希はあらためて痛感した。

「お出ししたのは小豆餡ですけど、白いんげん餡も美味しいですよ」

得意げに言って、佳枝は三人の茶碗に急須からお茶をつぎ足した。

駐在所前の県道五四号を赤色回転灯を光らせてサイレンを鳴らした警察車両が何台

も通り過ぎていった。

高崎北署の応援に違いない。中江もしばらくすれば帰ってこられるだろう。

最中を食べて茶でのどを潤してすぐ、夏希たちは佐野が運転するパトカーに乗り込んだ。

「奥さん、大変お世話になりました」

後部座席の窓を開けて織田は礼を言った
「機会がありましたら、また、倉渕に来て下さい。温泉もありますんで」

満面に笑みをたたえて佳枝は答えた。

「ありがとうございます。小栗公最中、美味しかったです。ごちそうさま」

織田はにこやかに礼を述べた。

佳枝は夏希たちのクルマがカーブを曲がるまで手を振って見送った。

パトカーはサイレンを鳴らさず回転灯だけを点灯して国道四〇六号を高崎方向に戻っていった。

安中榛名駅を通過するときには、夏希もさすがに感慨深かった。

あれからわずか数時間なのに、何日も経っているような気がした。

織田は佐野のＰＳＤ端末を借りて横井に連絡を入れた。

すでに横井たちは長野市の現場に到着し、長野県警の捜査員たちと李暁明(リーシャオミン)らの潜伏するアパートを囲んでいるとのことだった。

「現場には二時半までには到着できる見込みです。そのまま監視を続けてください。李がスミスではないことは間違いないですが、おそらくはスミスの仲間だと思います」

織田は張りのある声で言った。

横井がなにか答えている。

「スミスについては、あらためて李暁明からたどることにします」

だが、サイバー特捜隊がスミスを追跡することは現時点では先延ばしにするしかなかった。

続けて織田は汐留(しおどめ)の五島(ごとう)に必要な指示を出した。

五島たちは東京航空交通管制部の管制システムに侵入して必死でマルウェアなどを探しているが、発見できずにいるとのことだった。

スミスの身柄を確保できない以上、朝の空港の混乱が起きる恐れはまったく消えてはいない。

李暁明を逮捕したところで、その危険性が消えるわけではないのだ。

政府は身代金要求については黙殺すると判断したそうだ。

各航空会社も応じる用意はないと回答しているという。

「そのままマルウェアを探し続けてください。なにか異常が発見されたら、この電話と横井さんに連絡を入れるようにお願いします」

汐留のメンバーも不眠不休で頑張っているのだ。

自分も負けられないと思ったが、松井田妙義インターから上信越道に入ったあたりで猛烈な睡魔に襲われた。何しろ疲れ切っていた。

「ねぇ、織田さん訊いていいですか」

夏希は眠さを追い払おうと思って織田に話しかけた。

「なんでしょう？」

「織田さんはどうして空手なんて習ってたんですか？」

さっきからずっと疑問に思っていたことだった。

「妹のためですよ」

あっさりと織田は言った。

「妹さんですか？」

意味がわからずに夏希は織田の言葉を繰り返した。

「ええ、僕には友梨香（ゆりか）という五歳下の妹がいるんですよ。年が離れてるから子どもの頃はかわいくてね」

織田は照れたように笑った。

「五歳くらい下ってかわいいでしょうね」

夏希と兄はふたつ違いだが、兄にかわいがってもらった覚えはない。逆にいつもケンカばかりしていた。

「ええ、で、僕が中二の頃の話なんですけど、妹が変なヤツにつきまとわれることが多くなりましてね。妹は九歳でしたが、相手は大学生くらいの男です」

織田は眉をひそめて言った。

「いやだ……ロリコンストーカーですか」

夏希は不快感を隠せなかった。

「そんな感じですかね。妹の後をずっと従いて来るって言うんですよ。妹はヴァイオリンを習いに行ってたんですが、帰りは暗くなるんです。そんなときどこからともなく現れて妹の跡をつけてくるって聞いて僕は教室のある日は必ず迎えに行くようにしました。でも、腕に覚えがなきゃダメだと思って日曜日には空手を習うことにしたんです。これが意外とおもしろくてね。その怪しい男が姿を現さなくなってからも高校を卒業するまで習ってました。三年くらいのときに黒帯もとったんですよ」

織田は淡々と話したが、夏希は驚いた。まさか織田が空手の有段者とは思いもしなかった

「それであんなにつよかったんですね」

「いや、結局はやられました。最初は僕が弱そうなんであっちが油断していたんだと思います」

織田は照れ笑いを浮かべて言葉を継いだ。

「結局、妹のために空手を使う機会はなかったんですけどね」

「で、妹さんはご家庭をお持ちなんですか」

なんの気なく訊くと、織田は首を横に振った。

「いえ、国立音大に行ってヴィオラを専攻することになりました。いまはザルツブルク・モーツァルテウム大学という国立大学で勉強しています。一九世紀に創設されたなかなか難しい学校なんですよ。なにせ彼のヘルベルト・フォン・カラヤンや、フランスバロック音楽の権威ケネス・ギルバート、ポーランドの現代音楽の父と呼ばれたボグスワフ・シェッフェルなどを輩出しています。現代を代表するヴィオリストのタベア・ツィンマーマンや、日本で人気の独日ミックスのピアニスト、アリス＝紗良・オットもモーツァルテウム大学の出身です」

織田は自慢げに言った。たしかに有名音楽家だらけだ。

「わぁ、すごい大学なんですね」

夏希は素直な驚きの声を上げた。

「僕の目から見ても、妹はたしかな技術と豊かな音楽性を磨き始めていると思います」

織田はなんとなくにやけた顔で言った。

「将来はヴィオリストとして世界的にご活躍なさいますね」

夏希の言葉に織田は嬉しそうにうなずいた。

「ええ、もちろんそうしたプロを目指しています。ヴィオラという楽器はヴァイオリンとチェロの音の間を埋めてゆくパートですから、おだやかで他者との親和性が高い……つまり円満な性格の持ち主が向いているみたいですね。妹は丸いキャラなので合っているようです。ヴァイオリニストはもっと押し出しのつよい華やかなキャラの人が向くようです。妹はちょっと引っ込み思案のところもありますので、ヴァイオリン向きではないですね」

そう言いつつ織田は妹を自慢している。

「織田さんがさまざまな音楽にお詳しいのも妹さんの影響もありそうですね」

なんとなく腑に落ちた。

「それはあるかもしれませんね。僕の学生時代までは、クラシックばかりではなくジャズやポップスなど、よく一緒にいろんなジャンルのコンサートに行ってましたから。最近は年に何日も会えないので、やはり淋しいですね」

言葉どおり本当に淋しそうに織田は笑った。

もしかすると、織田にはいくぶんシスターコンプレックスの気があるのかもしれない。

いま聞けば大変に優秀な音楽家の卵のようである。織田の妹だからさぞ容姿もすぐれているだろう。

そんな思いを抱きつつも夏希の意識は遠のいていった。

「真田さん、着きましたよ」

次に気づいたとき、夏希の肩は織田に揺すられていた。

「あ、すみません」

夏希は跳ね起きた。すっかり寝入ってしまった。

ちょっと恥ずかしい思いで夏希は姿勢を正した。

第二章　混　迷

【1】

夏希はあたりを見まわした。

パトカーはトンネル手前のバスベイに停まっていた。

あたりはうっそうとした林に包まれて左手に建つ数軒の住宅も静まりかえっている。

「現場のアパートはここからは見えません。パトカーも敵から見られたくはないですからね。横井さんのクルマまで五〇メートルくらい歩いてもらいます」

織田が静かに伝えた。

「わかりました。降ります」

夏希は後部右側のドアを開け路上に降り立った。

雑木林でなにかの花の咲く甘い香りが漂ってきた。

佐野は助手席の前に直立不動をしていた。

「佐野さんとはここまでです。あなたのおかげで非常に助かりました。お世話になりました」

織田が右手を差し出すと、ちょっと驚いたような顔で佐野は手を差し出した。

「織田隊長、少しでもお役に立てたとしたら嬉しいです」

佐野は緊張した声で答えた。

ふたりの握手が終わると、夏希もまた右手を差し出した。

「ありがとうございました。佐野さんのことは忘れません」

骨太で分厚い佐野の掌はあたたかかった。

「真田分析官、お供がかなって嬉しかったです」

真のこもった声で佐野は答えた。

「また、いつかお目に掛かりたいです」

夏希も感謝の気持ちを込めてほほえんだ。

佐野はふたたび直立不動の姿勢をとった。

「織田隊長、真田分析官。今夜は自分の警察官人生のなかでも記念すべき日となりました。わずかな時間とは言え、おふたりにお仕えできたことは光栄です。今日の日を自分はけっして忘れません。ありがとうございました」

佐野は背筋を伸ばして挙手の礼を送った。

織田も珍しく挙手の礼を返した。

夏希もこれに倣った。

「ご首尾を。失礼します」

佐野はパトカーに乗り込んだ。

そのまま静かにパトカーは坂道を下っていった。

「しっかりした警察官でしたね」

織田は詠嘆するように言った。

「頑張ってほしいです」

夏希も言葉に力を込めた。

「さて、横井さんのところに行きましょう」

「了解です」

織田は左手の道に入っていった。かなりの急坂で県道四〇一号を示す標識が立っていた。

しばらく歩くと、道路左手にちょっとした空き地が現れた。

空き地には品川ナンバーの黒のアルファードがひっそりと停まっていた。

後部の窓にはスモークフィルムが貼ってある。

無言で織田が近づくとリアのスライドドアが自動的に開いた。

ミニバンタイプの覆面パトとは驚いた。シートは三列だ。

織田に倣って夏希は二列目のシートに腰を掛けた。

「お疲れさま」

織田が声を掛けると、車内に数人の男女の「お疲れさまです」の声が響き渡った。

最後部座席の男が身を乗り出した。

「もう一台マークXの面パトで来ていて、そちらには溝口と徳永が乗っています」

横井副隊長だった。隣には昨日、庁舎を案内してくれた妻木麻美が座っていた。

「じゃあ、僕たちを含めて七人ですね」

織田の問いに横井は自信ありげに答えた。

「はい、そうです。長野県警が二〇人。あわせて二七名ですから、じゅうぶんな態勢だと思います」

「ええ、問題ありません。ああ、真田さん。運転席にいるのが大関増也巡査部長。機動隊出身です」

「お疲れさまです」

屈強な身体の二〇代終わりくらいの男が振り返ってあいさつした。明るい顔立ちをしている。

「妻木くんはもう知ってますよね？」

「昨日はどうもありがとうございました」

夏希が頭を下げると、麻美はいたずらっぽく笑った。

「五島チーフから席チャージもらい損ねちゃいました」

ほかの者は織田をはじめきょとんとしている。

「ところで、隊長、大変な状況だったんですね。お話を伺って肝が冷えました」

横井が眉間にしわを寄せた。

「ちょっと焦りましたけどね。群馬県警からの報告によると、爆弾はフェイクでした。スミスは僕たちを殺すつもりではなかったようです」

織田は淡々とした声で言った。

やはり爆弾はニセモノだったのだ。

スミスの目的は夏希たちを脅してあの写真を撮ることにあったようだ。

「きわめて狡猾な男だということははっきりしましたね。でも、少なくともスミスが隊長や真田さんの前に姿を現したおかげで実像が見えてきました」

横井は熱のこもった調子で言った。

「そうも言えますね」

だが、織田の声はさえなかった。

「三、四〇代でやや背が高めで筋肉質の男。おそらくは日本人。バイクを運転することができる。などの特徴がつかめたわけですから」

夏希が寝入っている間に、織田はあの倉庫での事件について横井に詳しい説明をしたようだ。

「たしかに、正体不明ではなくなりました。真田さんの分析が正しかったことも明らかになりましたね」

織田は平らかな声で答えた。

「ありがとうございます。もうひとつ……あんなに身体能力が優れているとは意外でした。わたしはパソコンの前に座りっぱなしの脆弱な男性を予想していました。ですが、現実のスミスは違いました。佐野巡査部長から拳銃を奪った手際のよさはただ者ではありませんでした」

感じていたある種の違和感を夏希は言葉にした。

織田は、佐野が拳銃を奪われたことを不問するつもりだ。だが、サイバー特捜隊の部下たちには詳しく話していた。事実が横井たちから漏れる心配はない。

「格闘技を修めている人間か……警察官か自衛官出身の可能性もありますね」

横井は気難しげな顔で言った。

「超人的ハッカーのイメージとは似つかわしくないですね」

夏希の言葉に横井もうなずいた。

「たしかに……」

「いずれにしてもあの山中での事件の捜査は群馬県警に委ねました。捜査一課が中心になって捜査を続けてくれます。鑑識も入っているはずですし、防犯カメラの映像解析も始まっているでしょう。もしかするとNシステムにバイクがヒットするかもしれません。いずれにしてもすべて刑事の領分です。僕たちにできることはありません」

織田は素っ気ない調子で言った。

「群馬県警に期待するしかないですね」

横井はかるく息を吐いた。

「ところで李暁明たちに動きはないんですね」

織田が本来の目的について尋ねた。

「はい、現在、彼らのアジトを取り巻くようにして長野県警の捜査員たちが監視態勢にあります。三人は寝入っているようで照明も消えています。また、これといった生活音も聞こえません。踏み込めば容易に身柄は確保できると考えています」

横井は自信を見せた。

「捜索差押許可状に特記は付かなかったのですね」

織田は念を押すように訊いた。

「羽田空港関連のタイムリミットは六時なので、日の出後でもじゅうぶん間に合うというのが判事の見解でした。特記は付いていません」

横井はいささか残念そうな声で言った。

「人権保障のためのシステムです。やむを得ません」

刑事訴訟法の第一一六条第一項は「日出前、日没後には、令状に夜間でも執行することができる旨の記載がなければ、差押状、記録命令付差押状又は捜索状の執行のため、人の住居又は人の看守する邸宅、建造物若しくは船舶内に入ることはできない。」と定める。

夜間の捜索差押は人権を著しく制限するとの考えに立つこの規定の存在から、裁判所は捜索差押許可状の夜間執行には慎重な姿勢を見せる。

「今日の夜明けは何時でしたっけ」

織田の問いに横井は即答した。

「長野市は四時四一分です」

「あと二時間二〇分くらいは動けませんね」

織田は静かに言った。

夏希も自分の腕時計を見た。午前二時二〇分だった。

「四時四〇分になったら、全員を所定の位置につけます。玄関からは我々サイバー特捜隊が七名で乗り込みます。我々の背後に長野県警を四名配置します。さらに建物の三方向に万が一の逃走を避けるために四名ずつ配置します。残りの人間は遊軍です。いざという事態に備えます。長野県警捜査員の指揮はサイバー攻撃特別捜査隊の寺田（てらだ）警部が執ることになっています」

横井は歯切れよく言った。

「いいでしょう。その配置に異存はありません。さすがは横井さんだ」

織田は満足げに答えた。

横井はしっかりと配置を考えていた。

警察庁警備局の課長補佐だったという話だが、それ以前には都道府県警で刑事部にいた経験でもあるのだろうか。もっともキャリアが地方警察の捜査一課長や一課管理官の地位に就くことはない。福島一課長や佐竹管理官のような地方と呼ばれるノンキャリアたたき上げの刑事が就く役職である。

捜査二課長や二課管理官ならあり得る。横井の年齢からして、どこかの都道府県警で捜査二課の管理官として活躍していたのだろうか。

「令状の読み上げはわたしがしましょうか？」

「いや、僕が読み上げましょう」

織田は力強く答えた。

「では、こちらが令状です」

横井は織田にマチ付きの封筒を渡した。

織田は封筒から書類を取り出すと、ていねいに目を通した。

「いよいよ敵を捕獲できますね」

いったん封筒に令状をしまうと、少しだけ興奮した声で織田は言った。

しかし、李暁明がスミスでないことがわかったいま、不安は残り続ける。

李を逮捕しても、王手を掛けたことにはならない。スミスの犯行は続く。

六時をタイムリミットと脅されている東京航空交通管制部の管制システムの障害の件も、李の逮捕によって防ぐことは難しい。

とは言え、李は警視庁公安部も目をつけている中国政府の工作員の疑いのある人間だ。スミスと連携している可能性は高い。もともと横井たちはスミスの犯行を外国勢力のサイバーテロと考えているのだ。

横井はスマホを取り出した。

「お疲れさまです。横井です。寺田さん、長野県警の捜査員は所定の配置について下さい」

寺田警部に指示を出している。

夜明けを待つだけの時間が続いた。

時計の針が進むにつれて、夏希の緊張感も高まってきた。

「四時三五分です」

ずっと黙っていた麻美が時刻を告げた。

「行きましょうか」

織田は重々しく言った。

夏希は緊張が全身を覆うのを感じた。

逮捕の場面に出会ったことは少なくないが、外国人のケースはなかった。

また、いつもの仲間とは違う人々と、敵の本拠地に乗り込んでいくのだ。

夏希はクルマから降りた。

まだ、ぼんやりと薄暗いが、近くの林からうるさいほどの鳥のさえずりが聞こえてくる。

ふたりのスーツ姿の男がすっと近づいて来た。大柄のガタイのいい男と、小柄で痩せぎすの男だ。

マークXの覆面パトに乗ってきたという溝口と徳永という隊員に違いない。

「ご苦労さま。いよいよだね」

織田が声を掛けると、ふたりはそろって頭を下げた。

右手の空が白っぽい明るみを見せ始めた。

「アジトはこの坂を下って右に横道を入った奥にあります」

もと来た坂の下を横井は指さした。

坂道を少し戻ると、右手に住宅地へ続く単車線の舗装道路が現れた。

角を曲がると、住宅や小規模な工務店などが建っている静かな通りだった。右側は崖になっていて雑木林に草が茂っている。

左側から同じくらいの太さの道路が合流した。

すると五人のスーツの男がどこからともなく湧き出るように現れた。

「おはようございます。長野県警の寺田です」

五〇年輩で半白頭の濃紺のスーツを着た男が近づいて来て、ちょっとしゃがれ声であいさつした。

首が太くがっしりとした体格でいかつい顔の男だ。刑事によく見られる雰囲気を持っている。

寺田は左耳に無線機のイヤホンをつけている。

「警察庁の織田です。よろしくお願いします」

織田は丁寧に答えた。

「まかせて下さい。万が一にも取り逃がすようなことはありません」

寺田は自信たっぷりに答えた。

「頼もしいです」

「ヤツらのアジトはこの先、二〇メートルほど進んだ左側に建つ小鍋ハイツという全一〇室のアパートにあります」

「けっこう山深いのにアパートがあるんですね」

織田は辺りを見まわしながら言った。

「ここは裾花川の河岸段丘みたいな土地で、山側に入って行くと三キロも行かないうちに湯の瀬ダムなんてのがある場所です。でも、長野市街への距離は近いですからね。長野駅まで四キロくらいしかないんですよ」

「それは意外ですね」

「長野駅は善光寺平の西側に寄っていますからね。ともあれ、李は原付バイクで大学に通っていたようですね」

「ほかのふたりは何者かわかってないんですよね」

「ええ、さらに近所に聞き込みにまわったら、少なくとも居住者ではないようですな。ここしばらく泊まり込んでいるだけの関係のようです。まぁ、どうせ仲間だ。ひとまとめにしてひっくくりましょう」

寺田の鼻息は荒かった。

十数人の私服警察官は静かに住宅地を進んでゆく。

どんどん空が明るくなってきたが、近所の人はまだ起き出していないらしい。

通りに人影は見られなかった。

左手に二階建ての古びたアパートが現れた。

すすけたアイボリーの軽量鉄骨構造らしい建物は、三〇年はかるく経過していそうだ。

「あの建物の一階西側隅の一〇一号室がアジトです」

声をひそめて寺田が言った。

すでに四人の私服捜査員が一〇一号室のドアから数メートルの位置で貼り付いていた。

「では、いきましょう」

織田は令状を封筒から出した。

大股で寺田がドアに歩み寄った。

「李さん、おはようございます」

茶色く塗られた鉄製らしい玄関ドアを寺田が叩いた。

「李さん、ここを開けて下さい。警察です」

しゃがれ声で叫びながら寺田はさらに激しくドアをたたき続ける。

隣室の住人が出てきそうな勢いだ。

しばらくすると、室内でガタガタと物音が聞こえた。

「早く開けて下さい。近所の人が起きますよ」

寺田は容赦せずに叫ぶ。

イタチの最後っ屁のようにパソコンを操作されないだろうか。

夏希のこころにわずかな不安が湧き起こった。

いきなりドアが開いた。

「なんですか」

出てきたマッシュショートっぽい髪の若い男が無表情に訊いた。

きわめて知的な顔立ちの男だ。

「李暁明ですね」

男は無言でかすかにあごを引いた。

織田は令状を掲げた。

「あなたを刑法第二三四条の二に規定する電子計算機損壊等業務妨害の罪で逮捕します」

「なんだって！」

李は目を大きく見開き、驚きの声を上げた。

「繰り返します。李暁明。あなたを電子計算機損壊等業務妨害の罪で逮捕します」

すかさず寺田が李の右腕に手錠を掛けた。

「午前四時五〇分です」

腕時計を見ながら横井が宣告した。

寺田とふたりの捜査員によって李は玄関から引っ張り出された。

「これはなんのマネだ」

歯をむいて李は叫んだ。

「おまえの容疑は告げただろう。いいから来るんだっ」

寺田は厳しい声を出した。

「さらに捜索差押許可状に基づき、室内を捜索し必要な証拠を差押えます」

織田はさらに令状を李に見せて宣言した。

背後から横井を先頭に数人の捜査員が室内になだれ込んだ。

「ほかのふたりにも逮捕状が出ています。一緒に来てもらいます」

織田は静かに言った。

そのとき寺田のイヤホンから人の声が聞こえた。

「身柄確保だっ」

寺田はスーツの襟裏に仕込んだマイクに向かって叫んだ。

建物の裏側で何人かが争う声が聞こえた。

騒々しい足音が響く。

しばらくすると、建物の裏側から手錠を掛けられたふたりの若い男が捜査員に両腕を摑まれて引っ張ってこられた。

「この部屋に寝起きする氏名不詳の二名に告げます。あなたたちを電子計算機損壊等業務妨害の罪で逮捕します」

織田は逮捕状を掲げて宣言した。

男たちは織田の顔を見ようともせずうなだれている。

中国人なのだろうか。それとも日本人か。夏希から見るとはっきりしない。

「こいつら掃き出し窓から逃げ出そうとしましまして」

ひとりの若い捜査官が言った。

「おい、観念して名前くらい言ったらどうだ？」

寺田の言葉にふたりともそっぽを向いた。

日本語が理解できることはたしかだ。

「ちっ、あとで絞ってやるからな」

低い声で恫喝した。

「三人ともクルマに乗せてください。令状記載の通り連行先は長野県警本部です。わたしたちもすぐに行きます」

静かな声で織田は指示した。

「了解です」

寺田が答え、被疑者たちはたくさんの捜査員に囲まれて前の道路を連行されていった。

あたりは急に静かになった。

織田と夏希だけが玄関の前に残された。

いつの間にか夜はすっかり明けていた。

ふだん見ないような濃い青色の空がひろがっている。

雲は見られず快晴のようだ。

近所の人はいまの騒ぎにも誰も通りに出てこない。

「捜索差押には時間が掛かります。僕たちはクルマで待ちましょうか」

織田が夏希の顔を見て言った。

「はい、お疲れさまでした」

長い時間を掛けてたどり着いた長野の逮捕劇が終わった。

夏希の全身から力が抜けた。

アルファードに戻るためにふたりは坂道を下り始めた。

どこかから「ジーッ、ジーッ」という鳴き声が聞こえてくる。

「まさか……セミの声が聞こえる……」

夏希は我が耳を疑った。

「ハルゼミです」

織田はおだやかな声で答えた。

「こんな早い時季にセミが鳴くんですか」

驚いて夏希は訊いた。

「信州ではあちこちで聞く鳴き声です。松本(まつもと)の僕の実家のあたりにもたくさんいます、おもにアカマツの林に住んでいるんですよ」

織田はにこやかに答えた。

ここからは見えないが、どこかに松林があるのだろうか。

「函館(はこだて)では聞かない鳴き声です」

「そうだ、いつぞや真田さんにくっついて函館に行きましたね」

織田はなつかしそうに言った。

「ええ、なんかずいぶん前の話のような気がします」

「余計なヤツが従いて来ましたけどね」

織田はのどの奥で笑った。

「上杉さんですね……最近もある事件で助けられました」

「僕はしばらく会ってないなぁ」

織田の声にはわずかに淋しさがにじんでいた。

やはり織田にとって上杉はライバルであると同時に盟友なのだろう。

海を見下ろすあの函館の丘で、織田から発せられた言葉の真意を、夏希はずっと尋ねたいと思っていた。

だが、織田とともに昨夜の危機を乗り越えたいまは、どうでもいいような気がしてきた。

織田と夏希はこれからもタッグを組んでいかなくてはならないのだ。

ましてサイバー特捜隊員となったからには、夏希は織田の右腕……いや、右腕は横井だろう。左腕……それは五島か。

とにかく、まずは織田のサポートをする立場となっていかなくてはならない。

プライベート以前に、自分は織田の部下なのだ。

これからも織田という男を公私ともにしっかりと見つめていきたい。

夏希はそんなことを思っていた。

「羽田はどうなるでしょう」

ぽつりと織田が言った。

「五島さんが対応しているんですよね」

「ええ、必死でやっています。しかし、いまのところ東京航空交通管制部へのサイバー攻撃を防げる自信はない……」

うめくような織田の声だった。

夏希は頭から水を浴びせられたような気になった。

昨日はこの逮捕によってスミスの空港システムへのテロ行為も防げると信じていた。

だが、その思いは無残にも打ち砕かれた。

「身代金の支払いはされないのですか」

期待せずに夏希は訊いた。

「はい、政府は断固拒絶する方針を決定しています。これは変わりません」

「混乱が起きてしまいますね」

夏希の声も暗かった。

李の逮捕には成功したが、空港に混乱が起きれば「サイバー特捜隊の存在意義はない」という批判をかわすことは難しくなる。

夏希は自分にはなにもできない無力感を覚えざるを得なかった。

ハルゼミの声がこころに染み入るように山あいに響き続けていた。


【2】


午前五時一〇分。夏希たちは長野県警本部の取調室にいた。

李の取り調べは織田が中心になって行うこととなった。夏希は隣に座った。

奥のノートPCの置かれた机には、長野県警サイバー攻撃特別捜査隊の記録係の私服捜査員が座っていた。

横井や寺田警部はほかのふたりの被疑者の取り調べのために別室にいる。

長野県警の一部の捜査員はまだ捜索を続けているが、サイバー特捜隊員は全員がこの県警本部庁舎に集まっていた。

李暁明の四角い顔立ちのなかで両目には知的な光が輝いていた。

日本人とそれほど異なる容貌とは思えない。素性を知らない人が見れば、日本人だと思うのではないだろうか。

　髪もきちんと整っており、清潔な印象を感じさせる。デニムシャツをさらりときた姿も田舎くさくはない。

「わたしは日本政府に抗議します。この逮捕は違法だ」

　李は目を怒らせながらも、冷静な口調で言った。

　かなり正確な発音だ。パッと聞いただけでは外国人がしゃべっているとは思えない。だが、正確すぎる発音はどこか不自然でネイティブなものでないと感じさせる。あたりまえかもしれないが、昨夜襲撃してきたスミスとは別人物である。声のピッチもやや高い。

「身に覚えがないというのですか」

　織田がやわらかい声で訊いた。

「もう一度、わたしが逮捕された理由を言ってください」

　李はつよい口調で訊いた。

「直接的には、五月一〇日と一一日に大手都市銀行の支払いシステムに侵入し、その使用を不可能にして東京都内のATMから現金の引き出しを不可能にした容疑です。あなたの行為は刑法第二三四条の二に規定する電子計算機損壊等業務妨害罪等に該当します」

織田は静かに答えた。

「冗談を言うのはやめてください。わたしはそんなことはしていない」

つばを飛ばしながら李は机を叩いた。

「あなたの部屋のパソコンを押収しました。現在、うちの専門捜査員が確認しています。残されている記録を確認すればあなたの容疑は明確になります」

織田の言葉に李の顔色は悪くなった。

パソコン内には李に不利益な情報が存在することは間違いがなさそうだ。

「しかし、わたしはハッカーのようなことはした記憶がない」

だが、李は首を横に振って、容疑を明確に否定した。

「わたしたちの捜査では、あなたは五月一〇日と一一日に都市銀行大手三社のシステムに対して、莫大なデータなどを送りつけ、リソースに過大な負荷を掛けて、その機能を停止させた容疑が掛かっています。いわゆるＤｏｓ攻撃というクラッキングです。しばらくすれば、わたしたちはあなたの容疑を完全に明らかにすることができます」

李のノートパソコンは、妻木麻美と溝口勝之のふたりの隊員がネットにつないで、汐留の五島たちが通信記録などを確認している。織田の言葉通り、容疑はすぐに明らかになるはずだ。

「その容疑についてはまったく身に覚えがありません。わたしはすぐの釈放を要求します」

　李はさらにつよい口調で訴えた。

「どうしても認められないのですか」

　織田はさらにやわらかい口調で尋ねた。

「わたしのやったことではない。認めるはずはないです」

　織田の目を見据えて李は答えた。

「しかし、警察はあなたの仕業だと考えています」

　つよい口調で織田は言った。

「わたしはトロンプ・ルイユではない」

　李はぼそっとつぶやいた。

「なんと言いましたか」

　織田が聞きとがめた。

　夏希は知らない言葉だった。

　李はうつむいて口をつぐんだ。

「答えてください」

「わたしが噂を聞いている世界的なハッカーの名前です。日本でも活動していると聞きます」

あきらめたように李は答えた。

「トロンプ・ルイユとはフランス語で『だまし絵』のことですね。そんなクラッカーが存在するとは」

織田は驚きの声を上げた。

そうか、トリックアートのフランス語だったのか。

横井や五島は知っているのだろうか……。

いずれにしても、トロンプ・ルイユと李はなんのつながりもないのだろう。そうでなければ、そんな名前を口にするはずもない。

「とにかく、わたしは無実だ。すぐの釈放を要求する」

李は一語一語明確に抗議の言葉を放った。

「それはできません」

「では、わたしはあなた方の質問にはいっさい答えない」

李は天井へ顔を向けて腕組みをした。

「黙秘権の行使は法律で認められた被疑者の重要な権利です。しかし、黙秘したところで、あなたに有利なことは何もないのですよ」

織田は諭すように言った。

「あなたに心配してもらう必要はない」

けんもほろろの調子で李は答えた。

織田と夏希は顔を見合わせた。

沈黙が取調室に漂った。

五島がＰＣの解析をすませて証拠を突きつけるまでは、李はなにも答えないに違いない。

警視庁の公安部は彼を中国政府の工作員の疑いでマークしているが、公安案件については織田の担当でない上に追及する材料も持っていない。その犯罪行為については、警視庁の公安部の到着を待つほかはない。

織田は夏希にかるく目配せをした。

なにかを訊いてほしいという織田の意思を夏希は感じとった。

夏希は取り調べには慣れていない。ＩＴについての知識もない。彼のクラッカーとしての罪を追及することができるはずもない。

しかし、自分にも可能な問いかけがあるはずだ。

「マトリックスを知っていますか？」

唐突に夏希は訊いた。

李は驚いたように夏希を見た。

「はい？　いまなんと？」

「マトリックスという言葉を知っているかと伺ったのです」

夏希は同じ問いを繰り返した。

「数学の『行列』のことを言っているのですか。ほかにも多くの意味はあるが……」

不思議そうに李は尋ねた。

「行列のことを思い浮かべたのですね」

李の瞳を見つめながら夏希は訊いた。

「行と列をもった構造をマトリックスと称したのはイギリスの数学者ジェームス・ジョセフ・シルベスターですね。わたしも昔、高級中学で学んだことがあります。しかし、なぜ、あなたはわたしに数学の概念を尋ねるのですか」

首を傾げて李は訊いた。

夏希には李がとぼけているようには見えなかった。

胸がざわついた。李はスミスのことを知らないのではないか。

スミス自身の言葉でも、李が自分の部下や仲間であることを明言はしていなかった。

「そのほかにはなにか思い浮かびませんか？」

夏希は問いを重ねた。

「日本語では基盤とか発生源などと訳すようですね。しかし、わたしから何を聞きたいのですか？」

わけがわからないという李の表情だった。

李が嘘をついているとは夏希には思えなかった。

彼はハリウッド映画の『マトリックス』を知らないようだ。

織田はかすかにうなずき、記録係の捜査員はありありととまどいの表情を浮かべている。

「けっこうです。では、スミスという人物を知っていますか」

夏希は問いを変えた。

「先日、アカデミー賞の授賞式で、自分の妻を揶揄したコメディアンのクリス・ロックを平手で叩いて世界中の話題となった俳優のウィル・スミスですか？　ニュースでやっていましたが……」

「いえ、そのスミスではありません。ほかのスミスという人物を知らないですか？」

夏希は静かに首を振った。

「うーん、世の中にスミスという名前の人はたくさんいると思いますが、わたしの知り合いにはいないですね」

「そうですか、アンダーソンくん」

夏希は不意打ちを掛けてみた。

「なんですって」

李は目を見開いた。

「アンダーソンという人物を知りませんか」

「知りませんね。誰ですか」

李は不思議そうな顔で訊いた。

「知らないのならいいのです」

夏希の言葉に李はムッとしたような顔を見せた。

「あなたの質問は意味がわからない。おかしな誘導をするのはやめてください」

いらだった声で李は言った。

「誘導しているわけではありません。いいのです。李さんが知らなければ」

自分たちを襲ったスミスの存在を李は知らない。

つまり李はスミスの部下でも仲間でもない。

夏希の内心ではこの推論がはっきりしてきた。

ノックの音が響いて、ひとりの若い捜査員が入室してきた。

捜査員は織田になにやら耳打ちをした。

織田はうなずくと、さっと立ち上がって部屋の外に出ていった。

硬い表情だった。

「スマホや携帯電話での失敗経験ってありますか？」

夏希はゆっくりと尋ねた。

昨日のスミスのクラッキングで携帯大手三社の機能が停まったこと、さらに五島たちの尽力で、妨害が阻止されたことについて尋ねたのだ。

李が関わっていれば、動揺を見せるとの期待からであることは言うまでもない。

「は？　iPhoneを落として画面を割ったことがありますが？　それがなにか？」

不審げな表情で李は訊いた。

すでに夏希は、李がスミスとは無関係な存在だとはっきり感じていた。

もし、スミスとのつながりがないのなら、織田たちの努力は水泡に帰す。

しかし、公安は李を工作員ではないかとみている。もし、李が感情の表出などをコントロールする技術に対する特別な訓練を受けていれば別の話だ。

そうだとすれば、もとより夏希の尋問などは役に立たないかもしれない。

扉が開き、織田が戻ってきた。

なぜかその表情はひどく暗い。

「取り調べをしばらく休憩とします」

部屋の入口で宣言するように織田は言った。

記録係の捜査員がけげんな顔を見せた。

「中止ではないのですか。早くここから解放してください」

李は口を尖らせて苦情を訴えた。

「とにかく休憩です。真田さん、外へ出ましょう」

織田はちょっときつい口調で言うと、踵を返して先に廊下へ出て行った。

あわてて夏希も立ち上がり、織田のあとを追った。

反対側の刑事部などのセクションには目もくれず、織田は早足に廊下を進んでゆく。

「この部屋を借りてあります」

織田は一枚のドアの前で立ち止まった。小会議室と表示が出ている。

ノックして部屋に入る織田に続いて夏希も入室した。

八畳くらいの部屋には白い天板の会議テーブルが大きな島を作っていて、まわりには折りたたみ椅子が並んでいる。

テーブルの上には五台のノートPCが起ち上げられていた。さらに夏希にはよくわからない機器がいくつか置かれ信号ケーブルが行き交っている。

室内には麻美ともうひとりの男が、それぞれ真剣な顔で画面に見入っている。

若い男はさっき現場に来ていた。

織田が入室するとふたりはいっせいに立ち上がった。

「そのままでいいですよ」

おだやかな声で織田が言うと、ふたりはにこやかにほほえんだ。

「こちらが溝口くん。妻木君と一緒に五島くんのチームにいる巡査部長です。彼もITエンジニア出身です」

「溝口です。よろしくお願いします」

まだ、二〇代なかばくらいか。さわやかな感じの若者だ。

「こちらこそです」

夏希があいさつすると、溝口はひょっこりと頭を下げた。

織田が席に着いたので、夏希たちもそれぞれ椅子に座った。

「どうですか」

誰に問うともなく織田は尋ねた。

「先ほど申しあげたとおり、東京航空交通管制部の羽田空港を制御するシステムは六時ジャストに停止しました。残念ながら汐留も現時点でマルウェアなどの発見はできておらず、まだ、復旧の目処は立っていません。六時台の出発便はすべて停まっている状況です」

麻美がハキハキとした調子で答えた。

「そうですか……羽田空港の混乱は？」

「いまのところニュースはサイバー攻撃によるものとは報道していません。スミスからの犯行声明も出ていません。利用客はシステムの故障と考えているようです。まだ一〇分しか経っていませんし、出発便の遅延としか発表していないので、大きな混乱は生じていない模様です。天候による出発遅延など珍しくもないですからね」

溝口がしたり顔で答えた。

「全国の空港に影響はひろがっていますか」

「はい、朝イチや二番目の羽田行きの便も出発遅延となりましたので、各空港にも影響は出ています。が、こちらも大きな混乱は起きていない模様です」

いくらか明るい声で溝口は答えた。

「いまのところは……大丈夫ということですね」

織田は鼻から息を吐いた。

だが、時間が長引けばどういう事態になるかはわからない。

さらに、スミスが犯行声明を世間に対して発すれば、織田が恐れているようにサイバー特捜隊への批判が巻き起こるはずだ。

一台のノートPCにはテレビが映し出されている。

テレビは羽田空港の滑走路に停まっている航空機や、出発ロビーの映像を映しているが、資料映像のキャプションが出ている。突然のことで現場にカメラクルーは到着していないらしい。現場の空気を先に知らしめるのは一般市民がスマホなどで撮った映像だろう。SNSの速報性はマスメディアをはるかにしのぐ。

「五島チーフからメールです……」

麻美がPCから顔を上げて言った。

「どんな内容ですか」

「警察庁にスミスからメッセージが届いているとのことです」

平らかな声で麻美は言った。

「そうですか……」

織田の声は乾いた。

「こちらのPCをご覧ください」

麻美の指し示した画面を夏希も覗き込んだ。


――おはよう、アンダーソンくん。昨夜はなかなか楽しかったよ。なにしろ君とかもめ★百合さんがわたしのゲームに参加してくれたのだからね。また、ふたりの顔も見ることができた。君たちは、まだわたしが招待した長野市に留まっているのかな。まぁ、それはわたしの知ったことではないがね。さて、いっこうに一〇〇万ドルの支払いがないので、予告通り東京航空交通管制部のシステムを停めたよ。しかし、考えてみれば、田舎に住んでいる親が危篤で駆けつける人や朝イチの会議に出ないとクビになる人もいるだろう。気の毒なので再開することにしよう。君とかもめ★百合さんにはあらためてプレゼントを贈る予定だ。

エージェント・スミス

「どこまでも人を食った男ですね」

背後で溝口が吐き捨てるように言った。

このメッセージを見る限り、スミスは夏希たちがあの倉庫を脱出していることを知っていることになる。まさかあの倉庫の近くに隠れていたとは思えない。たくさんの警察官が押しかけてくる場所に留まっている犯人はいない。では、いったいどこでスミスは夏希たちの挙動をつかんでいるのだろう。

織田は首を傾げて考え込んでいる。

「五島チーフから次のメールです。東京航空交通管制部のシステムが障害から復旧したそうです！」

麻美が明るい声で伝えた。

「それはよかった」

織田は言葉とは裏腹に複雑な表情を見せた。

スミスの言うがままに日本の航空網は操られているのだ。

「真田さん、スミスに返信をお願いします」

夏希の目を見つめて織田は指示した。

「そちらのＰＣを使ってください」

溝口が指し示したPCの前に夏希は座った。

――スミスさん、おはようございます。昨日はずいぶんなご馳走をして下さいましたね。わたし、一〇歳くらい老けた気がします。わたしを老けさせたお礼はいつかしますよ。ところで、スミスさんはどうしてわたしたちが無事にあなたの罠から逃げ出したことを知っているのですか。また、長野に来ていることも知っているのでしょうか。わたしには不思議でなりません。なにかヒントをもらえませんか。

かもめ★百合

「こんな感じでどうでしょう」

夏希は織田を振り返って訊いた。

「けっこうです。溝口くん、その内容を五島くんに送ってください」

織田が背中で言った。

「了解です」

夏希が操作していたPCに触れずに、溝口は自分の前に置かれたPCのマウスを操作した。

「五島チーフに送付しました」

溝口の答えからするに、夏希がメッセージを起こしたPCと溝口の前のPCもリンクしているらしい。

「返事が来るでしょうか」

麻美がつぶやくように言った。

「きっと来ると思いますよ」

織田は自信ありげに答えた。

夏希は座ったまま、スミスの返信を待つことにした。

果たして返事が来るかどうか、夏希自身には自信はなかった。

五分ほどすると麻美が告げた。

「五島チーフからスミスの返信が転送されてきました。表示します」

すぐに夏希の目の前のPCにもメッセージが表示された。


――かもめ★百合さん、おはようございます。昨夜はお目にかかれて光栄でした。

失礼ながら、実際にお目に掛かって予想以上にお美しいので驚きましたよ。ああ、いまはこういうことに触れるとセクハラと言われてしまいますね。あなたを老けさせたお礼というのは怖いですね。ご質問にお答えしましょう。あなたやアンダーソンくんの行動はある方法で逐一観察させてもらっています。もちろん、その方法は秘密です。あなたたちがあの倉庫から逃げ出して長野に向かったことはすべてお見通しです。その後の行動は忙しいのでまだチェックしていませんがね。さっきのメールの繰り返しになりますが、あなたたちへのプレゼントを用意してあります。どうぞお楽しみに。では、今朝はこれで失礼します。このメールには返信不要です。

エージェント・スミス

あらためて夏希はゾッとした。スマホも取り上げられているし、いったいどんな方法でスミスは夏希たちを監視しているというのだろうか。

また、プレゼントとはなんだろうか。おそらくは昨夜撮った写真をネットにばら撒くことを指しているのだろう。いずれにしてもスミスは恐るべき、そして実に嫌な敵だ。

「返信しなくていいですか」

夏希が問うと織田は小さく首を横に振った。

「いまはいいでしょう。しかし、スミスはどうやって我々を監視しているのでしょうか」

織田は首をひねった。

どこかでスマホが鳴った。夏希と織田はスミスに盗られているのでほかのふたりのものだ。

「はい、溝口。ええ、いまここにいらっしゃいます。わかりました」

溝口はスマホを織田に手渡した。

「隊長、五島チーフからです」

「五島くんから？」

織田は微妙な表情でスマホを耳もとに当てた。

いまメールを送ってきた五島が電話を掛けてくるというのは緊急事態に相違ない。

「はい、織田。そう、解析は進みましたか。で、なにかわかりましたか」

五島が懸命にしゃべっている声が漏れ聞こえる。

「……いま、なんて言ったの？」

織田の声はかすれた。

ふたたび五島の甲高い声が聞こえてきた。

「そう……そういうこと……わかりました。ご苦労さま」

電話を切った織田の表情は暗く沈みきっていた。

「ちょっと取調室に行ってきます」

内容についてはなにも伝えず、織田は部屋を出ていった。

夏希は不安になって、溝口たちに訊いた。

「どんな連絡だったんでしょうか」

「いや、僕はなにも聞いていません。ただ、李暁明のPCを五島チーフたちが解析していますので、その結果が出たのだと思います」

溝口はとまどったように答えた。

「どんな結果なのでしょうか」

「さぁ、でも隊長の表情を見ると、おもしろい結果ではなさそうですね」

元気なく溝口は答えた。

しばらくして織田が戸口のところに戻ってきた。

「真田さん、ちょっといいですか」

ドアを支えたまま、織田は小さく手招きした。

「はい、いま行きます」

夏希は立ち上がって早足でドアのところに向かった。

廊下へ出ると織田はドアを静かに閉めて、廊下を奥へと歩き始めた。

嫌な予感を感じつつ、夏希はあとを追った。

奥の自販機スペースまで行くと、織田はコーラのペットボトルを二本買った。

夏希に一本を渡すと、織田はベンチに腰を下ろしてコーラをぐいぐいとのどに流し込んだ。

のどは渇いてはいなかったし、ましてコーラを飲みたいような気分ではなかった。

なにを飲みたいかを訊かずにコーラを買うような織田ではない。

予想もしないことが起こったに違いない。

「いったいなにが起きたのですか」

気ぜわしく夏希は訊いた。

「李暁明はスミス一味ではありません」

織田は夏希の目を見てゆっくりと言った。

夏希の全身を大きな失望感が襲った。

自分の予想は悪いかたちで当たった。

やはり李はスミスを知らなかったのだ。

「そうなんですか……」

答える声がかすれた。

「横井さんたちが調べているふたりの男もおなじことでしょう。それどころか、サイバー犯罪者でもないようです」

織田は渋い顔で答えた。

「どうしてそう言い切れるのですか」

夏希は自分の推測が当たっていたことにがっかりした。

織田とサイバー特捜隊の晴れ舞台は実現しなかったのだ。

「五島くんが調べた結果、押収したパソコンからほかのパソコンに対してクラッキングを行った形跡はひとつも発見できませんでした」

織田はうめくような声で答えた。

「彼はほかのパソコンを使ったのかもしれませんよ」

夏希はあまり期待しないで反駁の言葉を口にした。

だが、織田は力なく首を横に振った。

「李のパソコンはＤＤｏｓ攻撃における『踏み台』にされた形跡がありました。彼のパソコンはスミスに乗っ取られていたのです。スミスは李たちのことを国際的な犯罪者と言っていましたが、あれは完全な嘘だったのです。一時的にせよ、仲間だと思わせたかったのでしょう」

　しばらく夏希は答えを返せなかった。

「五島さんが教えてくれましたね。クラッカーが他人のパソコンを乗っ取ってＤＤｏｓ攻撃を掛けるときに、乗っ取られたパソコンを『踏み台』と言うんでしたよね」

　気を取り直して夏希は言葉を口から出した。

　さすがに夏希の胸にも失望の思いがわき上がってきた。

「そうです。それだけじゃない。スミスは李のパソコンからさまざまな記録を抜き取っていたのです。それにより、李が中国政府の工作員であることをつかんで、僕たちのターゲットにしたようです。自分でも少し言っていましたが、スミスは僕たちを誘導したのです。あれは真実だったのです」

　織田はつらそうに言った。

「あの言葉が本当だったなんて」

「つまり、僕たちは最初からスミスの掌で踊らされていたのです。長野におびき出され、群馬の山中で襲われたのもすべてスミスの計算通りなのです。スミスの書いたシナリオに忠実に彼の用意した舞台で踊っていた道化がこの僕なのです」

　織田は音がするほど歯がみした。

「そんな言い方をしないでください」

夏希も声に力が入らなかった。

落胆に続けて、悔しさとともにスミスに対する激しい怒りが湧いてきた。

サイバー特捜隊が、織田が、さらには夏希自身が侮辱されたという思いが、胸の奥でぐるぐると渦巻いた。

「取調室での真田さんの質問はみごとでした。あの質問でも、李はスミスという名前に対してまったく反応を示さなかった。それもそのはず。李はスミスのことなど知りはしないのです。スミスが我々に送り続けていたメッセージだって知るはずがない。真田さんの質問に対する李の回答は五島くんの解析結果を裏づけています」

織田の声には悔しさがにじみ出ていた。

世間で俗に言う誤認逮捕をしたことになる。織田にとってもサイバー特捜隊にとっても痛恨のミスと言える。

ただ、逮捕状に基づく通常逮捕なので、織田の手続きに違法性はない。

とは言え、初めて捜査権を与えられた織田には耐えがたい屈辱に違いない。

「サイバー特捜隊に存在意義はない。いや、そうではない。隊長である僕に存在意義がないのです。隊員はみな、優秀です。だが、トップの僕が愚かなせいで、彼らまで非難されることになる。僕は悔しくてなりません」

　こんなに自分を責める織田の声は悲痛に響いた。

　織田の声は悲痛に響いた。

「織田さんの力はわたしがいちばんよく知っています。もし、いまスミスがリードしているとしたら、それは彼がずいぶん先にスタートしたからだと思います。スポーツで言えばフライングです。決して対等な戦いではないと思います」

　夏希はこの事態に関して自分が思ったことを織田にしっかりと伝えたかった。

「フライング……」

　織田はぼんやりとした声で夏希の言葉をなぞった。

「スミスは入念に準備していて、いきなり織田さんに挑戦してきたのです。だから、最初のうちは対等に戦えないでしょう。でも、織田さんと隊員の皆さんが懸命に頑張っていれば、必ずターニングポイントはやってきます。短距離走ならスミスを追い越せるときがくるはずです。わたしが期待することは、織田さんがいつものように淡々と実力を発揮してくださることです」

　夏希は織田の目を見つめて言った。

「僕は実力を発揮できていないですか」

はっきりと夏希は首を横に振った。

「そんなことはありません。でも、いつも飄々としている織田さんがすごく大きなプレッシャーを感じているのが、そばにいてよくわかります。多くの部下を持ち、警察庁のタブーに挑戦する難しいお立場からだと思います。そこがスミスの狙い目でしょう」

「たしかにプレッシャーは感じ続けています」

織田は否定しなかった。

「お願いです。織田さん、スミスの罠に陥らないでください」

夏希は言葉に力を込めた。

ほかの隊員の前では言えないことだった。

「ありがとうございます。真田さんのいまのお言葉は肝に銘じたいと思います」

織田はまじめな顔で頭を下げた。

廊下の向こうからふたりの黒スーツ姿の男がゆっくりと歩いてきた。

ふたりの男は夏希たちが座るベンチから二メートルくらいの位置で立ち止まると、身体を深く折る室内での正式な敬礼をした。

「警察庁サイバー特捜隊の織田隊長でいらっしゃいますね」

四〇歳くらいの歳上の男が訊いた。

四角い顔の中でやたらと目つきが鋭い男だった。

刑事とはまた違う雰囲気を持つ男たちだと夏希は感じていた。

「はい、織田ですが、あなたは？」

織田はけげんそうに訊いた。

「失礼しました。警視庁公安部外事二課の戸川と申します」

「同じく近藤です」

ふたりは階級を名乗らなかったが、警部補と巡査部長あたりではないだろうか。

「さっき部下から、あなたたちがこの庁舎に来ると聞いています。ご苦労さま」

やわらかい声で織田はねぎらいの言葉を掛けた。

「我々がマークしていた李暁明の身柄を確保して頂き、証拠物件を押収して頂いたことを感謝致します。まさか、サイバー特捜隊に先を越されるとは思っていませんでしたが、手間が省けました」

戸川は口もとにかすかな笑みを浮かべて、慇懃な調子で礼を言った。

「うちのほうのサイバー犯罪についての嫌疑は晴れましたが、李のＰＣから工作員疑惑にまつわるデータが採取できました。留学生の身分を生かして提携先の企業が研究している内容を中国に送っていたようです」

織田は顔をしかめて答えた。

だから、さっき織田がパソコン押収の話をしたときに、李は顔色を変えていたのだろう。

「ありがとうございます。サイバー特捜隊の五島さんからも報告を受けております」

けろっとした調子で戸川は答えた。

「さっき、そちらに連絡するように部下に指示しました」

織田は五島にいつ指示したのかはわからないが、内容がすぐに移動中の捜査員に伝わるところはさすがだ。

「その採取データはうちに頂けますよね」

「もちろんです。こちらの解析が終了したら、公安さんにお送りします」

「サイバー特捜隊さんの取り調べは終了なさったのですか」

戸川は無表情に訊いた。

「はい、嫌疑が晴れましたので」

さえない声で織田は答えた。

「では、うちのほうの嫌疑で取り調べを始めます」

背筋を伸ばして戸川は言った。

「しかし、身柄を拘束し続ける正当な理由がないと……うちでは李を釈放する予定でしたが」

織田は眉を寄せた。

「ご心配なく。不正競争防止法違反で李の逮捕状と捜索差押許可状が取れています。取調室で通常逮捕します」

胸を張って戸川は答えた。

李に産業スパイとしての嫌疑が掛かっているのだろう。

「そうでしたか」

織田は複雑な表情を浮かべた。

李の身柄を拘束し続ける正当性が生じたのだ。

「はい、うちのほうでもすでに逮捕理由にあたる証拠を収集できております。彼とふたりの部下の中国人には聞きたいことがたくさんあります」

戸川は口もとにかすかな笑みを浮かべて余裕の表情で言った。

やはりあのふたりは李の部下だったのだ。

「わかりました。あとはよろしくお願いします」

ていねいに織田は頭を下げた。

「お疲れさまでした」

戸川と近藤は身体を一五度折る正式な敬礼をして去っていった。

警視正の織田に対して丁重な態度をとったものだろう。

「真田さん、東京へ帰りましょう」

憂うつそうな織田の声に、夏希の胸は気の毒な気持ちでいっぱいになった。

「はい、本当にお疲れさまでした」

夏希はこころの底から織田をねぎらいたかった。

「あなたもお疲れさまでした」

やさしい声で織田はねぎらった。

さっきは仕事のことにしか触れられなかった。

織田にはまだ言いたいことがあった。

「昨夜のあのつらい体験のなかで、織田さんが本当につよくやさしい人だと知ることができました」

「真田さんも頑張りましたよ」

ひかえめな態度で織田は応えた。

「いえ、すべては織田さんのおかげです……わたしは織田さんをこころから尊敬しています」

夏希の頰は熱くなった。

「ありがとう……」

うっすらと頰を染めて、織田ははにかんだように笑った。

【3】

二台の覆面パトに分乗して夏希たちは長野インターから上信越道に乗った。

それぞれ運転は機動隊員出身の屈強な隊員が担当した。マークXは徳永という隊員が、夏希のアルファードは大関が運転している。

前のクルマには横井と溝口が、後ろのクルマには夏希、織田、麻美が乗っていた。

夏希と織田が後部座席に、麻美が二列目の席に座った。

上信越道は空いていてクルマの流れはスムーズだった。

車窓右手には千曲川がゆったりとうねって青く輝き、後方の彼方には後立山連峰の高峰が残雪にキラキラと輝いている。

クルマのゆるゆるとした振動で眠り込んでしまいそうだった。

「スミスの本来の目的はなんだろうか」

織田がぽつりと言った。

ハッとして夏希の眠気は薄れた。

「たしかに朝の羽田空港の件も本気ではないように思いました。もし、本当に身代金が目的ならあんなに早く解除しないですよね。空港のシステムを停め続ければ、政府や航空会社も最後には音を上げて身代金を支払ったかもしれません。それなのに、わずか一五分間で解除しました。溝口さんが言ってましたけど、そのくらいの遅延なんてふだんからいくらでもあることですよね……」

不思議に思っていたことを夏希は口に出した。

「僕も同じことを考えているのです。むしろ、スミスは政府や航空会社等が身代金を出さないことを前提に考えて、今回の攻撃を行っていたように思います」

考え深げな表情で織田は夏希の意見に賛意を示した。

「メールでは親の危篤で駆けつける人や会議に遅れる人のことを言っていましたが、あれは単なる言い訳としか思えません。そんな人たちがたくさん出ることなんて、先刻承知しているはずです。スミスとしてはむしろ稚拙な言い訳だと思います」

夏希の言葉にうなずくと、織田はゆっくりと言葉を続けた。

「もちろん、スミスはどんな結果が出るか、じゅうぶんに予想した上で東京航空交通管制部のシステムにサイバー攻撃をしているはずです」

「というか、そういった結果を引き起こすぞと脅していたわけですよね」

畳みかけるように夏希は訊いた。

「そう思います。政府や大企業は社会的影響を考えて身代金を支払うことに躊躇します。たとえば、今年の二月二六日にトヨタ自動車の取引先である小島プレス工業のシステムが《ロビンフッド》というクラッカーによってランサムウェアに感染させられました。小島プレス工業はトヨタ創業時からの取引先で部品供給をしている重要な企業です。受注システムが停止させられ、トヨタの生産工程も停止してしまう。しかし、感染させられたのは新手のランサムウェアで、誰もその挙動がわからない。ですが、小島プレス工業もトヨタ自動車も身代金要求には屈しませんでした。トヨタ自動車は三月一日に一四工場の稼働を停止しました。トヨタ自動車からの一〇〇人態勢の支援を受けて、ランサムウェアからシステムを復旧させることに成功しました。さらに翌二日には一四工場は稼働を再開できました。一日の稼働停止によって莫大な損失を被りながらも、トヨタグループはサイバーテロリストに屈しなかったのです」

「なるほど、大企業が身代金を支払えば社会的に大きな非難を受けますね」

夏希にはじゅうぶんに納得のゆく話だった。

織田はうなずいて言葉を続けた。

「これと対照的にランサムウェアの被害にあった中小企業については三分の二近くが身代金を払っているという見解もあります。本当に身代金を取りたいのであれば、空港などを狙わず中小企業をターゲットにしたほうがいいはずです。成功する確率は格段に高くなるのですから」

「やはり身代金の要求は本気ではなかったのでしょうか」

夏希の言葉に織田は首をひねった。

「そう考えられます。だから、わからないのです。スミスはなんのために次々に大手企業や公共機関にサイバー攻撃を繰り返すのか。あれだけ大がかりな犯行態様からしても、とても愉快犯とは思えないです。真田さんの推測はどうですか」

織田は夏希に向き直って訊いた。

「申し訳ありません。わたしにも見当がつきません。前も言いましたが、スミスは他者の生命身体に被害を与えないように留意しているとは思います。佐野さんを攻撃した際にも熊よけスプレーではなく対人用催涙スプレーを使ったと言っていましたよね。

事実、佐野さんはなんの後遺症も残さずに回復しています」

　夏希にはあのときのスミスの言葉が鮮明に記憶に残っていた。

「そうでした。だから僕たちを捕らえて殺そうとしていると思ったときに、ちょっと違和感を覚えました」

　夏希もまったく同感だった。

「あれも、結局はこけおどしに過ぎませんでした」

「その通りです」

　織田はうなずいて言葉を継いだ。

「スミスは、不思議な人間だと思います。さまざまな行動を勘案すると、そこに統一感がないというか……」

　生命を奪われると思ったときには、スミスが《反社会性パーソナリティ障害》の傾向を帯びていると確信した。

　しかし、爆弾はフェイクだった。夏希がいったん描いたスミスの人物像がぼやけてしまっている。

「ただ、僕たちを襲った理由ははっきりしています」

　織田は憂うつそうな声で言った。

「最初から殺すつもりはなかったんですよね」

これは疑う余地のないところだ。

「そうです。スミスは僕に恥をかかせたかったのです。ロープで縛って写真を撮った。あの写真は遅かれ早かれマスメディアにばらまかれるでしょう。仮にこちらでマスメディアを抑えても、たとえばツィンクルなどのSNSで世間にさらすに違いありません。つまり、彼の狙いはサイバー特捜隊の評判を落とすことです」

「いまのところそうした動きはないのですよね」

不安な思いで夏希は訊いた。

「はい、五島くんにそちらのチェックも頼んであります。なにかあれば、僕に連絡が入るはずです。いまのところそうした動きは入っていません」

「あれも脅しで、スミスは写真を曝したりはしないのではないのですか」

自分でもまったく信じていない言葉を夏希は口にした。

「それは期待できませんね。羽田空港の件で、自分の行為がサイバー特別捜査隊に対する挑戦であることをマスメディアに公表すると宣言していますから」

織田は浮かない顔で答えた。

――もし今回の要求に応えない場合には、いままでのわたしの行為がすべて間抜けなサイバー特別捜査隊に対する挑戦であることをマスメディアに公表することにします。楽しみに待っていてください。

スミスの犯行予告の最後のメッセージが夏希の脳裏で蘇った。

「では、なぜいまだに公表しないのでしょうか」

「スミスは拡散しやすい状況を待っているのですよ」

「どういうことですか？」

夏希には織田の言葉の意味がよくわからなかった。

「いまはマスメディアも羽田の件の報道で手いっぱいです。サイバー特捜隊の名を出すとしたら、この騒ぎが一段落した昼頃か夕方だと思います」

たしかにスミスが考えそうなことだ。

「どこまで用意周到な男なんでしょうか」

夏希は腹が立つより先にあきれてしまった。

「スミスは我々が長野にいて李を取り調べていると考えているでしょう。むしろ、東京に戻るのを待っているのではないですか。東京決戦を狙っているのかもしれません」

眉をひそめて織田は言葉を継いだ。

「僕は覚悟しています。この後、自分の恥が全国にさらされ、サイバー特捜隊の名誉が地に墜ちることになるでしょう。僕は耐えなければならない」

織田の身体がかすかに震えている。悔しさをこらえているのだろう。

こんなに何度も落ち込む織田など見たことはない。

夏希は答えを返せなかった。

「サイバー特捜隊長の職を解かれない限り、骨になってもスミスを捕まえます。僕にとっては恥辱を晴らす唯一の方法ですから」

珍しく鼻息荒い織田の言葉だった。

落ち込みながらもすぐに回復してゆくその姿に夏希は安堵した。

織田の美点はやはり「安定」なのだ。

怜悧な頭脳と相まって精神的な安定感こそ織田のいちばんの魅力であると夏希は思っている。

クルマは更埴ジャンクションから長野道を分けて上田市方向に進み始めた。

この先には昨夜のいまわしい記憶の残る地域に近い方向に進んでゆく。

「そうだ。さっきの取り調べで出てきたトロンプ・ルイユというクラッカーのことですが、織田さんはご存じないのですよね。わたしはもちろん知りませんが」

夏希は話題を変えた。

「はい、知りません。五島くんには伝えてあります。彼も記憶にないと言っていました。もしかすると、中国では知られている名なのかもしれません。中国人のクラッカーであるかもしれない。スミスを指すものではないでしょう」

織田の言葉に二列目の麻美が反応した。

「その名前は聞いたことがあります。トロンプ・ルイユは実在するか否かという議論をしているコミュニティサイトがあったような記憶があります」

麻美は後ろを振り返って言った。

「本当ですか?」

織田は驚きの声を上げた。

「あまり本気で見ていなかったのでよく覚えていないのですが、悪魔のような能力を持つクラッカーで、どんなにガードの堅いシステムにも易々と侵入できるそうです。トロンプ・ルイユに不可能なクラッキングはこの世の中に存在しないという話です」

麻美は淡々とした声で言った。

「そんな超人的な人間が存在するのでしょうか」

ずもない。

夏希には信じられなかったが、自分にはＩＴの知識がない。正しい判断ができるは

「国籍等はわからないのですか。李がトロンプ・ルイユは日本でも活動していると言っていましたが」

織田は身を乗り出すようにして訊いた。

「もちろん国籍も性別もわかりません。個人なのか集団なのかも不明です。日本での犯歴も知りません。わたしはむしろ都市伝説のようなものじゃないかと思っているんです。ネット界にはときおり、そうした都市伝説がまことしやかに流布されますから」

麻美はあいまいな表情で答えた。

「実在するかどうかはわからないクラッカーですか」

織田は低くうなった。

「五島さんなら、どうにか調べてくれるんじゃないでしょうか」

夏希の言葉に織田はうなずいた。

「そうですね。五島くんなら調べ上げてくれるでしょう」

わずか二日にして夏希は五島の力を何度も見せつけられた。織田が信頼しているのも当然だと思った。

「ところで、真田さんはすでに大変な超過勤務をしています。もう帰宅してもらっていいんですよ。横浜までお送りすることはできませんが」

　やさしい声で織田が言った。

　身体は疲れ切っていた。だが、昼か夕方にもスミスの次の挑戦があるかもしれないのだ。また、五島たち汐留庁舎の隊員たちは帰宅することなど考えてもいないだろう。

　夏希自身もスミスの攻撃に立ち向かいたいというつよい意欲を持っていた。

「いえ、このまま皆さんと汐留に戻ります。いつスミスのメッセージが届くかわかりませんし」

　夏希はきっぱりと言った。

「スミスのメッセージ対応は自宅でして頂いてもいいのですよ」

　とまどいがちに織田は答えた。

「全力投球したいのです」

　夏希は語気もつよく言った。

「わかりました。ほかの隊員と違って真田さんには籠城の用意もないでしょう。いったん帰宅して用意を調えて登庁してはどうですか？」

　織田は覗き込むような顔で訊いた。

「え？　籠城の用意ですか？」

意味がわからなくて、夏希は素っ頓狂な声を出してしまった。

麻美がふたたび振り返って夏希の耳もとに口を寄せた。

「隊長は着替えなどを心配なさっているんですよ。女の子はいろいろと気になるじゃないですか。わたしたちは数日泊まり込んでも大丈夫な用意をしてあります。8号室は小会議室ですが、そういうときには女子専用のごろ寝ルームとして使うことが想定されています。ソファも置いてあります。もちろん、シャワールームはありますのでご心配なく」

ささやき声で麻美が教えてくれている間、織田は聞かぬふりをしている。

織田らしいやさしさだ。ほかの上司などはこんなことは考えもしないだろう。

銃を持った犯人に追跡されて、上杉と仕方なくラブホテルに泊まった日のことを思い出した。あのときの上杉はそんなことには無頓着だった。

「わかりました。ありがとうございます。そしたら、途中でファッションセンターみたいなところとコンビニに寄って頂けますか。籠城の用意をします」

夏希は明るい声で答えた。

下着の替えとジャージかスウェットの上下があれば困るまい。

それにTシャツを数枚ゲットすればウェアは大丈夫だ。

クレンジングクリームや洗顔フォーム、乳液、化粧水、シャンプー、コンディショナー、ストッキングなどはすべてコンビニで入手できる。

夏希は比較的肌がつよく一般的な製品でもなんとかしのげる。自分がアレルギー体質でないことはこの仕事では重要かもしれない。籠城の支度は二軒の店でできそうだ。

「OKです。大関くん、このまま行くと新橋出口まで高速だね。コンビニはともあれ、ファッションセンターはないよね」

織田はステアリングを握る大関に声を掛けた。

「真田さんのお洋服なら銀座がふさわしいように思いますが」

冗談なのだろうが、大関はまじめな声で答えた。

「あはは、そうだね。だけど、ディオールやヴィトンのシルクパジャマじゃ仕事がしにくいだろう。そんなのはおうちで着てもらうとして、どこかのインター近くにファッションセンターないかな」

織田の問いにしばし大関は考えていた。

「ひとつ思い当たりました。自分がむかし住んでた練馬です。大泉インターから二キロないところにユニクロやファッションセンターしまむらがありますよ。もちろんコンビニもいくらでもあります。住民だったのでどちらへでもご案内できますよ」

大関は得意げに答えた。

ありがたい。ユニクロならそれなりのものがそろうだろう。

「じゃあ、大泉でちょっと降りてもらえるかな」

織田はかるい調子で頼んだ。

「了解です。ただ、ユニクロは一〇時からですよね。ちょっと早めに着いてしまいそうです」

心配そうに大関は言った。

夏希の腕時計は七時七分を示していた。大泉学園は練馬だから、九時半頃には到着するだろう。

「ついでにみんなで朝ご飯を食べていこう。食後に真田さんは買い物だ」

意外と明るい織田の声に夏希はちょっとホッとした。

「チェーン系のファミレスやハンバーガーショップなら開いてますよ」

大関は楽しそうに言った。

「妻木くん、横井さんに大泉インターで降りて食事と買い物するって電話しといて」

「かしこまりました」

織田の指示に麻美はすぐにスマホをタップした。

「大関くん以外はみんな寝といてください。眠れるときに少しでも眠り、食べられるときに少しでも食べるのが我らの仕事では何より大事です」

織田が言うと遠足の引率の先生の言葉のように聞こえる。

考えてみれば、機動隊出身の大関は別として麻美も溝口も捜査に携わるのは初めての経験だろう。いつも一緒に仕事をしてきた加藤や石田とは違うのだ。

せっかくの織田の心遣いなので夏希も仮眠をとらせてもらうことにした。

「真田さん、着きましたよ」

次に気づいたとき、夏希の肩は織田に揺すられていた。

「あ、すみません」

夏希は跳ね起きた。すっかり寝入ってしまった。

なんとなく既視感を感じた。そうだ。長野でもこうして起こされたのだった。

大泉学園の東映通りに面した《リヴィンオズ大泉》というショッピングモールはインターチェンジから二キロもなかった。

ちょっと変わった建物のこのモールのなかにはユニクロもABCマートも入っていた。

一角にあるロッテリアで夏希たちは朝食をとった。

誰もが食欲旺盛（おうせい）だった。彼らも疲れているだろうが、やはり多くの人材のなかから選び抜かれたサイバー特捜隊員だ。体力気力にすぐれている隊員が多いのだろう。

みんなを店に残したまま、ユニクロと近くのセブン－イレブンに寄って夏希は籠城の支度を調えた。ついでにサンダルも買った。本当はビルケンシュトックのマヤリあたりがよかったが、とりあえずユニクロで売っているものでガマンした。さらに買った物を入れるためにショッピングバッグも入手した。

第三章　威　迫

【1】

汐留に着いたときにも空はきれいに晴れていた。

例によって七面倒なセキュリティを経て夏希は13Aの職場に戻ってきた。

廊下で横井たちと別れて6号室に戻ると、五島が駆け寄ってきた。

「隊長、真田さん、お疲れさまでした」

五島は明るい声でねぎらいの言葉を掛けた。

「いや、留守の間ずいぶん働かせちゃったね」

織田もねぎらいを返した。

「とんでもないです。朝の一件もまったく防げず申し訳なく思っております」

頭を掻(か)いて五島は答えた。

「いや、そう簡単にいけば苦労はないですよ」

やんわりと織田は言った。

「ところで、昨夜のお話を伺って背筋が凍りましたよ。これからは汐留をあまり留守にならないでください。隊長にもしものことがあったら、僕たちみんな路頭に迷ってしまいます。どうか、もうこんな思いをさせないでください」

眉間(みけん)にしわを刻んでまじめな顔で五島は言った。

「僕がいなくなりゃ、もっと優秀な人間が来るさ」

織田は冗談とも本気ともつかぬ調子で言った。

「冗談言わないでください。僕らはみんな織田組なんですから」

いくらか尖(とが)った五島の声だった。

「ありがとう。いまの言葉は嬉(うれ)しいよ」

本当に嬉しそうな声で織田は答えた。

「真田さんも本当にお疲れさまでした。ご無事でなによりです」

五島はかるく頭を下げた。

「わたし一〇歳くらい老けたような気がします」
夏希はおどけた調子で言った。
「スミスにもメールでそんなこと言ってましたね。でも、それは錯覚としか思えませ
ん」
まじめな顔で五島が言うので夏希は噴き出しそうになった。
「少なくとも寿命は一〇年縮みましたね。いままでもかなり危ないことはあったんで
すけど、今回ばかりはもうダメかと思いました」
大げさではなく、正直な気持ちだった。
「サイバー特捜隊は安全だと言っていた僕の言葉がまったくのウソになってしまった
な」
織田は眉を寄せた。
「大丈夫です。警察官である以上は危険と隣り合わせなのは覚悟しています」
夏希はきっぱりと言い切った。
神奈川県警に入った頃なら、絶対にこんな言葉は出てこなかっただろう。
夏希は脳科学と心理学の知識を活かす仕事をしたかっただけなのだ。だが、たくさ
んの捜査に携わり、多くの犯人と対峙しているうちに自分が警察官であることは否が

応でも自覚せざるを得なかった。

「一休みしたら一時半くらいからミーティングを行いたいんだけど」

織田は五島に向き直って言った。

「はい、ぜひ。隊長のお話も伺いたいですし、僕もお話ししたいことがあります」

五島は大歓迎という顔で答えた。

「そうなんだ。ブレーンストーミングしたいんだよ。ちょっと考えをリフレッシュしてみたいんです」

織田にはなにかしら考えがあるようだ。

そう言えば、このサイバー特捜隊は、必要なときしかミーティングを行わないと言っていた。いまがその必要なときなのだろう。

あれからスミスのメールは途絶えている。次の攻撃についても犯行予告はない。

対策会議を開くよいタイミングかもしれない。

「うちのチームは全員、出勤していますが、うちからは僕だけでいいですか?」

「いちおう現場まで行った妻木くんと溝口くんにも出てもらおう。あとは横井さんと山中(やまなか)くん、真田さんでいいかな」

夏希もぜひ参加したかった。

山中という隊員のことはまだ認識できていなかったので、あいさつするいい機会だった。

「了解です。僕が触れ回っときます」

五島は頭を下げると、廊下へ出て行った。

「織田さん、ちょっと自分のブースへ戻ります」

「はい、一一時半にはここで」

「承知しました」

片手を上げると、織田は笑顔で立ち去った。

ブースに戻った夏希は、まずはユニクロやコンビニで買ってきたものを整理した。

不要な包装などを捨て、いつでも使えるように整えた。

急ぎの用事はとくになかったので、麻美に案内してもらってシャワーを浴びた。

いつもより半日以上も長くガマンしていたのでさすがに爽快だった。

簡単にお顔のお手入れのあとでメイクをしてから、更衣室でライトブルーのスウェットに着替えた。

部屋に戻ると、中央の広いスペースに白い天板のラウンドテーブルが用意してあった。

テーブルの上には何台かのノートPCが起ち上げられており、LANケーブルが行き交っていた。

小判形の大きなテーブルだが、真ん中から折りたためるようだ。キャスターも設けられているのであちこちで使っているのだろう。

テーブルのまわりには七脚の折りたたみ椅子が置かれていて、すでに麻美と溝口が座っていた。ふたりは夏希の顔を見るとかるく会釈した。

夏希も会釈を返して椅子に座った。

部屋の反対側から織田と横井、五島が出てきた。さらにもうひとりのブラックスーツの男が続いている。見たことのない男だ。

「真田さん、山中正俊警部です。捜査一課出身で捜査のプロです」

さっと手を差し伸べて織田が紹介してくれた。

年齢は四〇代なかばだろうか。細い顔に両眼が鋭く光る。

横井とは違った意味でカミソリのような雰囲気を持った男である。

「はじめまして。真田夏希と申します」

夏希はていねいに頭を下げた。山中の階級は自分より上だ。

「はじめまして。真田さんのご紹介のあった昨日はわたし、千葉地裁にいました。前の職場で扱った事件の関係で証言しなくてはならなくて出張してたんです」

なるほど、昨日のミーティングにいなかったはずだ。

捜査一課は都道府県警では刑事警察のトップポジションである。山中が優秀な刑事であることは間違いない。

だが、物腰はとてもやわらかい。また、階級が下の夏希に対する態度も恭敬だ。

このサイバー特捜隊にはふさわしい刑事だろう。

刑事の仕事は犯人を逮捕して終わりではない。逮捕した場合には四八時間以内に被疑者の身柄を検察官に送らなければならない。さらに膨大な資料を作成して検察官に送る。さらに検察官の捜査にも随伴する。起訴された場合には裁判所に出廷して証言をしなければならないことも少なくない。逮捕後も猛烈に忙しいのが刑事の仕事だ。

「神奈川県警の科捜研から参りました。不慣れなことばかりですので、どうぞよろしくお願いします」

「わたしは千葉県警からです。あちらの捜査一課から異動してきました」

この年齢で警部ということはノンキャリアとしては順調に出世しているほうだろう。

所轄では課長、千葉県警本部なら課長補佐の地位にあったはずだ。

中村（なかむら）科長も警部だったが、山中との年齢は五、六歳は違う感じだ。

「長野にご一緒していればと思うと残念でなりません」

山中は本当に残念そうな顔で言った。

「僕も真田さんも捜査に関しては素人ですからね。だけど、昨夜の群馬県内での一件は完全なアクシデントです。汐留を出るときは群馬は新幹線でひとまたぎの予定でしたから。あんな目に遭うなら山中さんの首に縄つけても引っ張っていきましたよ」

織田は苦笑した。

たしかにベテラン刑事がいたら、スミスに襲われたときにも撃退できたかもしれない。

夏希も織田も逮捕術などとは無縁に生きてきた。

織田が空手を習っていて少しでも戦えたのには驚いたが……。

「すみません、わたしはその頃、千葉でもとの部下と焼き肉食ってました」

山中は肩をすくめて笑った。

「じゃ、始めますね」

織田が席に着くと、ほかのメンバーも次々に座った。

織田が簡単にミーティングの開始を告げた。

「まずは昨日の経緯を僕から詳しく説明します。すでに概要は知っていると思いますが……」

ちょっと姿勢をあらためて織田は話し始めた。

安中榛名駅で新幹線を停められ、安中中央署に連行されそうになったこと。安中中央署の佐野とともに群馬県道五四号で二度上峠に上る途中で襲われて拘束され必死で逃走したこと。長野県警とともに長野市内で李暁明を通常逮捕したもののサイバー犯罪者ではなく別件で公安が身柄を持っていったことを織田は淡々と話した。

感情的な言葉は排された必要十分で的確な説明だった。

「まぁ、昨夜は僕がスミスに一方的にしてやられたということです」

最後に織田は苦い顔で言った。

ほかの者たちはどう答えていいかわからないという顔をしている。

「長野市からは五島くんと山中さん以外は知っていることなのだけれど、群馬県内でのできごとは僕と真田さんしか知りません。真田さん、補足説明はありますか？」

夏希の顔を見て織田は訊いた。

「いえ、事態の推移については付け加えることはありません」

夏希は説明に過不足はないと感じていた。

嫌な思い出を自分の口から言いたくはなかったが、その必要性はないと判断できた。

「ネット上でずっとスミスと対峙していた五島くん。サイバー攻撃の面から事態を説明してくれませんか。技術的な説明は避けて簡単に整理するだけでいいです」

かるい調子で織田は尋ねた。

「はい、まず、スミスはJR東日本の新幹線統括本部新幹線総合指令所に設置されているコントロールシステム《COSMOS》をクラッキングしてJR東日本の全新幹線を停車させました。続けてNEXCO東日本の道路情報システムをクラッキングして上信越道の松井田妙義インターの閉鎖という誤情報を伝播しました。さらに群馬県の中之条土木事務所のシステムをクラッキングして、国道一八号線の横川駅付近での通行止めと国道四〇六号須賀尾峠付近の長野原方向通行止という誤情報をひろげました。これらのクラッキングにより隊長たちは群馬県道五四号線に誘い込まれたというわけです。最後に県道五四線も峠付近の通行止めの誤情報を提示してほかのクルマが入ってこられないように工作しました」

メモも見ずに五島が答えたことに夏希は驚いた。

五島は夏希とは頭脳構造が違うようだ。

「僕たちを攻撃するために三つのシステムに侵入したというわけですね」

織田の言葉に五島はうなずいて続けた。

「そうです。このクラッキングには難易度があります。当事者には怒られるかもしれませんが。僕の勝手な感覚では《COSMOS》が五だとしたら、NEXCOが三、群馬県の土木事務所は一くらいのところではないでしょうか」

「スミス本人も《COSMOS》に比べたら、ほかはラクだというようなことを言ってましたね」

たしかにスミスはあの倉庫でそんなことを言っていた。

「そうだと思います。このスミスの動きとは別ですが、今朝の羽田空港の件で、東京航空管制部のシステムにクラッキングするのも《COSMOS》と同等かそれ以上に難しいでしょう。いままでの大手銀行や携帯各社に比べても難易度が上です。短期間で次々にこれらのクラッキングをこなすことは困難です。ずっと前から準備していたことは間違いないと思います。僕は出遅れていることを否定できません」

五島は渋い顔つきで言った。

夏希も確信していたが、やはりスミスはフライングをしていたのだ。

「サイバー攻撃の被害者というのは常に後手に回っているんじゃないのか」

ぼそっと山中が言った。

「たしかにそうです。しかし、スミスは我らサイバー特捜隊に対して挑戦しているのです。これは我々とスミスの戦いです。単なるサイバー犯罪ではありません」

織田は毅然（きぜん）とした表情で言い放った。

山中は納得したようにうなずいた。

「隊長の言われるとおりです。ですが、スミスはうちの……サイバー特捜隊のシステムには決して侵入してこようとしません。侵入してきたら相手の正体をつかもうと、手ぐすね引いて待っているのですが……」

悔しげに五島は言った。

「慎重かつ狡猾（こうかつ）な男であることは間違いなさそうだな」

山中は腕組みをして鼻から息を吐いた。

「さらに……」

五島はちょっと言いよどんだ。

「続けてください」

織田が促すと五島は小さくうなずいて口を開いた。

「李暁明のＰＣをクラッキングして乗っ取り、携帯各社へのＤＤｏｓ攻撃における『踏み台』として使いました。また、その李のＩＰアドレスなどにアクセスできるような罠（わな）を作っていました。僕が騙（だま）されたために隊長たちが長野へおびき出される結果を生んでしまいました。申し訳ありません」

　肩をすぼめて五島は言った。

「長野行きを決めたのは僕です。五島くんのせいではない」

　織田はきっぱりと言った。

「そうだ。君が責任を感じる必要はない」

　横井もつよい口調で言った。

「むしろ、同行してもらった真田さんを危険な目に遭わせてしまったことを僕はお詫びしなければなりません」

　織田は夏希に向かって詫びた。

「いや、わたしもサイバー特捜隊員ですから」

　夏希の言葉に織田はかるくあごを引いた。

「まぁ、結果として公安に李の身柄を引き渡せましたから、警察にとってのプラスはあったわけですが」

　自嘲気味に織田は言った。

「いままでのシステム侵入を考えると、スミスを超人的クラッカーと呼べることは間違いないですね」

横井が話題を戻した。

「超人的という言葉は正しいと思います。これだけ有能なクラッカーは世界中を探してもそうはいないでしょう」

五島は渋い顔で答えた。

「スミスは僕たちの前に姿を現した男のほかに、何人もの人間を擁する集団ではないかとも思えるのですが。五島くん、どう思いますか」

織田は五島の目を見つめて訊いた。

「たしかに集団でないとは言い切れません。しかし、個人である可能性も捨てきれません。とにかくすぐれた技術を保持する人物です。さらには独創性ですね。スミスはすぐれた独創性を持っていると思います」

夏希には独創性という言葉が指すものの意味がわかりかねた。

「独創性ですか。それはどのような意味ですか」

織田も同じだったようで首を傾げて訊いた。

「ええ、どこにセキュリティホールがあるのかを見つけてゆくのは至難の業です。たいていの場合、こうしたシステムの本体はがっちりガードされ管理者によって監視されています。ですが、取引先のサブシステムなどにはセキュリティホールが存在している可能性もあります。二月のトヨタグループの件で取引先の小島プレス工業のシステムが狙われたように、本体にぶら下がっているほかの企業や組織などのどのあたりに脆弱性があるかを見極めるのには独創性が必要だと思います。さらにここは技術的な話なんですが、マルウェアの構造にもたくさんの独創性が見られます。たくさんのマルウェアを分析した上で、新たな工夫をいくつも加えていると言っていいでしょう」

五島は苦い顔で言った。

「ありがとう。引き続きネット上でスミスの正体を追いかけてください。ところで、直接の関係はないのかもしれませんが、長野署で李暁明を取り調べたときに『トロンプ・ルイユ』という言葉をつぶやきました。李は『わたしはトロンプ・ルイユではない』と言ったのです」

夏希も少し引っかかっていたことに織田は触れた。

「なんです？　それ？」

横井も聞いたことがない言葉のようだ。

「フランス語で、この言葉の本来の意味は『だまし絵』です。シュルレアリスムでよく用いられた技法ですが、現代社会ではトリックアートという名のほうが通りがいいでしょう」

織田の言葉にその場の全員がうなずいた。

本人は少ないだろう。

「僕も本来の意味でしか知らない言葉なのですが、妻木くん、ネットでの噂をもう一度説明してください」

織田は麻美に話を振った。

すぐに答えが返ってこなかった。

夏希が見ると、麻美はぼーっと壁を見つめている。

「妻木くん、さっきクルマのなかで言っていた話をもう一度聞かせてください」

織田は再度促した。

「すみません」

麻美はあわてて頭を下げた。

無理もない。彼女もほとんど寝ていないのだろう。

「はい、わたしもどこかのコミュニティサイトか掲示板で見かけただけなのですが……トロンプ・ルイユという名の超人的なクラッカーがいて、どんなにガードの堅いシステムにも侵入できる。この世の中にトロンプ・ルイユがクラッキングできないシステムは存在しない。そんな噂が流れているのです。ですが、無責任な噂話に過ぎず、個人的には都市伝説の類いではないかと考えています」

麻美は少し緊張した顔で理路整然と答えた。

「都市伝説か……」

横井が鼻から息を吐いた。

「僕の考えでは、李はクラッカーの代名詞としてトロンプ・ルイユの名を挙げただけのような気がします。つまり、自分はドロボウではない、というところを自分は怪盗キッドではないと言ったようなものではないでしょうか」

五島のこの言葉には説得力があった。その場にいた夏希も李がそれほど大きな意味で言ったものとは思えなかった。

「怪盗キッドってなんだ？」

山中がぼんやりと訊いた。

「『名探偵コナン』に出てくる怪盗で、コナンのライバルですよ」

すかさず五島が説明を加えた。

「ああ、アニメの話ね。怪人二十面相みたいなもんか」

山中は納得したようにうなずいた。

「トロンプ・ルイユを追いかけても意味はないと妻木くんは考えているのですね」

織田の言葉に麻美はかたちのよいあごを引いた。

「はい、あれからいろいろ考えてみました。長野からの帰りにちょっと検索も掛けてみたのですが、現実につながるような内容は出てきませんでした」

麻美ははっきりとした口調で言った。

「わかりました。調べなければならないことは山のようにあります。トロンプ・ルイユについては頭の片隅に置いておくだけでよいでしょう。続けて我々の前に現れたスミスを名乗る男について考えてみましょう」

夏希の胸にあのヘルメットの男の姿が浮かび上がった。

「リアルのスミスに出会ったのは僕と真田さん、群馬県警の佐野さんだけです。佐野さんはすぐに催涙スプレー攻撃を受けたのでほとんどなにも見聞きしていないと言っていい。真田さん、リアルスミスについての印象をお願いします」

織田は夏希の顔を見て話を振った。

「はい、まず顔はヘルメットや目出し帽で覆われていたのでわかりません。体格はよく覚えていないのですが、際立った特徴は感じませんでした」

暗いなかでもあり、個人の特定につながるようなことは感じ取れなかった。

「たしかに特徴的なものは感じませんでした。背は高めかな。はっきりは言えませんが、身長は一七五センチ前後だと思います。やや筋肉質だった気がしますね」

　織田が補足説明をしてくれた。

「そんなものでしょうか。声のようすではそんなに若い男ではありません。わたしは三、四〇代だと感じました。中音で響きのよい声でした。こちらも際立った特徴を持つとは言えません。ですが、話し方には個性を感じました。メール同様に語彙は非常に豊富で理路整然とした話法を使う男です。知性や独特のユーモアセンスを感じさせるところもあります。断定はできませんが、犯行声明やわたしへの返信を送り続けているスミスと同一人物である可能性が高いです。さらに言えば非常に流ちょうで自然な日本語で話していました。日本で育ったのでなければ外国人という可能性は排除してもよいと思います」

　夏希ははっきりと言い切った。

「李暁明は言葉は悪いが、撒き餌に過ぎなかった。リアルスミスと戦ったわたしも、彼が反射的に言った『この野郎』という言葉をはじめ、会話のイントネーションなどからも同じ考えです。群馬山中で出会ったスミスは外国人ではないでしょう」

　織田は夏希の考えを補強してくれた。

「実際にスミスと会ったおふたりが言うのだから、リアルスミスは日本人と考えましょうよ」

横井も賛意を示した。

「隊長、恐縮ですが、さらに詳しく伺いたいことがあるのですが……」

黙って聞いていた山中が言葉を発した。

「なんでもお話ししますよ。どんなことでしょうか?」

織田はやわらかい声で訊いた。

「スミスが佐野巡査部長の拳銃を奪ったときのようすです。もう少し細かなところを伺いたいのです」

「すみません、顔にスプレー缶をぶつけられた直後なのではっきり見ていないのです」

織田は肩をすぼめた。

「では、真田さんは覚えていますか」

山中は鋭い目で夏希を見た。

「すみません。わたしも詳しくはわからないです」

夏希も悄然と答えた。

「では、スミスがホルスターに手を掛けて拳銃を奪取するまでにどれくらいの時間が掛かったと感じましたか」

追及の手をゆるめない山中はベテラン刑事らしい。

「そうですね……だいたい五秒くらいでしょうか」

夏希はあのときを振り返りながら答えた。自信はないが、あっという間だったことは間違いない。

「吊り下げ紐もさっさと外したのですね」

「はい、グリップ下部に取り付けられた金具をリリースして外しました」

その光景がはっきりと夏希の記憶に蘇った。

「うーん、そうかぁ」

あごに手をやって山中は考え込んだ。

「山中さん、なにか思うところがあったら言ってください」

やんわりと織田は尋ねた。

「いや、織田隊長がそんな風に言ってくださることにまだ慣れてないですね。県警によっては刑事部長にあたる警視正に、自分のような者が考えを述べることは緊張以外のなにものでもありません」

まじめそのものの顔で山中は答えた。

「これまでの雰囲気はここにいる限りは忘れてください。サイバー特捜隊は各メンバーの能力を最大限に引き出すことを常に第一義に考えたいと思います」

織田は苦笑した。

「はぁ……」

山中は頭を掻いて言いよどんだ。

「なにか気づきましたか」

織田の重ねての問いに山中はゆっくりと口を開いた。

「捜査に予断は禁物という言葉は我々刑事にとっていつも頭に置いておくべき言葉です。しかし、あえて言います。スミスは警察官、もしくは警察官の経験者ではないかと思います」

この言葉に室内に緊張が走った。

「えっ……」

黙っていた麻美も驚きの声を上げた。

「なぜそう思うのか詳しく話してください」

織田は身を乗り出した。

「ご存じの通り、近年、交番襲撃や拳銃奪取事件は頻発しております。たとえば二〇一六年の神奈川県横須賀市、二〇一八年の富山県富山市、二〇一九年の大阪府吹田市などでは被害者も出ています。全国の各都道府県本部では対策を講じており、ほとんどの警察官が所持する拳銃はホルスターに改良が施され、他人が拳銃を奪いにくいような構造になっています。ホルスターの構造についてはもちろん世間には公表していません。また、我々は拳銃を奪われそうになったときにこれを防ぐ訓練を重ねています。佐野巡査部長が意識もうろうとしていたから奪えたのだとは思います。ですが、もし五秒程度だとすると、警察官か警察官経験者でなければ無理だと思うのです。あくまで私見ですが」

山中は慎重な態度で言った。

「なるほど。これは大きなヒントです。彼は最初から倉庫付近で待ち構えていたのではなく、安中榛名駅前からバイクでパトカーのあとを追ってきています。その段階でパトカーを運転している佐野さんが拳銃を携帯している可能性をチェックしていたのでしょう。たとえば公用車なら運転手は警察官であっても拳銃は携帯していません。最初から拳銃を奪取するつもりで、あの路傍に倒れていたものとみても不自然ではありません。スミスに迫る上で警察官か警察出身者である可能性はメインに持って来てもいいかもしれませんね」

考え深げに織田は言った。

「あの……僕も私見を言っていいですか」

溝口が遠慮がちに声を発した。

「もちろんですよ。このミーティングはみんなの私見を戦わせる場です。どうぞ」

織田が溝口を励ますように言った。

「山中主任のおっしゃるようにスミスが警察官、もしくは警察官経験者だとすると、まず十中八九はサイバー捜査コンテストに出場していると思います」

遠慮がちに溝口は言った。

「そんなコンテストがあるんですか」

夏希はまったく知らない話だった。

「毎年全国の警察官がサイバー犯罪捜査の知識や技能を競うコンテストで、警察大学校で開かれています。昨年はたしか広島県警チームが優勝したと思います。このコンテストよりもっとすごいのは大阪府警の巡査部長が一昨年(おととし)に行われたSANS主催の国際的サイバーセキュリティコンテストで入賞したことです。もっともこの巡査部長はIT技術者出身でサイバー犯罪捜査官として特別採用された方なんですけどね。だから、そうしたコンテストの出場者などを洗うことも意味があるかなと思って……」

溝口は自信なげに口を閉じた。

「あの……すごく雑ぱくとした根拠希薄なことを言っていいですか」

夏希は過去に感じた印象を述べたかった。

「聞きたいですね」

織田は身を乗り出した。

「スミスと会った印象は超人的クラッカーのイメージとは遠かったです。以前の捜査で超人的なハッカーである少女と知り合ったことがあります。その子はダムのゲートを自由に開閉できるようなプログラムを開発し駆使できる超人的とも言えるサイバー知識を自分で身につけていました」

夏希は龍造寺ミーナの愛くるしいが気難しい顔立ちを思い出していた。

「そんな少女がいたんですか」

五島が目を大きく見開いた。

麻美と溝口は顔を見合わせた。

ミーナが丹沢湖ダムのシステムをコントロールしたことは報道されていなかった。

織田は小さくうなずいている。

「彼女は当時一三歳の刑事未成年で、現在は外国に住んでいます。が、いわゆるギフテッドでした」

山中がぽかんとした表情で訊いた。

「ギフテッドってなんですか」

一〇年ほど前よりはずっと一般的な言葉となったが、まだ浸透はしていないだろう。

「ある定義によれば『同世代の子供と比較して、並外れた成果を出せる程、突出した知性と精神性を兼ね備えた子供のこと』をいいます。英語のギフトから派生した言葉で、神または天から与えられた資質や遺伝的資質を持つ子どもという意味です」

「はぁ……」

あいまいな顔で山中はうなずいた。

「日本語でいえば天賦の才という言葉が近いかと思います」

「なるほど、勉強しなくても頭がいいヤツですな」

山中は納得した声を出した。

「その通りです。生来的な資質を持つ子どもたちで、つよい個性を持っています。一方、肉体的に人並み外れた能力を持っていることはまずないと思います。これはどんな教育を受けても、大人になっても変わりません」

言葉にしているうちに夏希は自分の考えがはっきりするのを感じた。

「こうしたギフテッドのなかには社会的コミュニケーションを苦手とする者が多いの

です。また、こだわり傾向がつよく、団体行動になじめないのがひとつの大きな特徴です」

ギフテッドにはアスペルガー症候群に入る子どもも多い。

だが、夏希はあえてアスペルガーの言葉を出さなかった。米国精神医学会が発行した『精神疾患の診断・統計マニュアル（DSM－5）』へのアスペルガー障害の診断項目の追加が、結果として過剰な診断の流行を招いたとも言われている。最近はアスペルガーについての誤解も多く、この言葉を使うには慎重な態度とじゅうぶんな説明が必要だと夏希は考えている。

「警察官にはいちばん向かないタイプだな。我々は警察学校から徹底的に団体行動をたたき込まれるからなぁ」

山中は低くうなった。

「真田さんや僕たちのような特別捜査官ならまだ別でしょうけどね」

五島がおもしろそうに言った。

「そうですね。でも、わたしたちも最低限の団体行動はできるわけです」

夏希自身もなんとか警察官を続けている。

「まぁ、僕もギフテッドと呼ばれるような優秀な子どもじゃなかったからなぁ」

照れたように五島は笑った。

「さて、こうした子どもたちが放つ印象はリアルスミスとは正反対でした。もちろんスミスは少女ではなく中年男性ですが、もっとノーマルな人物であるというイメージです。肉体的にもきわめてすぐれた能力を持っています。いずれにしても超人的クラッカーとは見えませんでした。これも単なる私見ですが……」

夏希も山中の真似をしてみた。

「自分の意見はすべて私見なのですから、その言葉をつけるのはやめましょう」

織田が冗談っぽくたしなめた。

「そうなんだよなぁ」

五島は深く息を吐いた。

「五島くん、なにか?」

「僕も真田さんのご意見に賛成なんです。このサイバー特捜隊には僕や妻木さん、溝口くんみたいな、体技にすぐれず団体行動が苦手な隊員が多いと思います。こう言うとなんですけど、僕は大関くんたちみたいな機動隊出身者のような体育会系じゃない。運動は嫌いです。また、山中さんみたいな刑事魂の塊みたいな人に接していると怖くて逃げ出したくなるような人間なんです」

興に乗って五島は話した。

「ははは、俺は刑事魂男か」

山中は声を立てて笑った。

「失礼しました。やはりサイバー捜査コンテストに出るような警察官は、サイバー技術者出身でないとしても、どちらかというとインドアが似合うような連中なんだと思うんです。そこを追っかけてもリアルスミスにはたどり着けないような気がするんですよね」

遠慮がちに言っているが、五島は確信しているようだ。

「いままで皆さんの話を聞いていて僕が至った考えを言いたいと思います」

織田は全員を見まわして言った。

テーブルに座るほかの六人はいっせいに織田を注視した。

「リアルスミスとは別に、クラッキングの主犯がいるのではないでしょうか。メールで真田さんとやりとりし、我々を群馬山中に呼び寄せたリアルスミスと、いままでのサイバー犯罪を繰り返してきたサイバースミス。このふたりの人物のコンビならすべての疑問は解消するように思います。リアルスミスは山中さんの言うように警察官か警察官の経歴を持つ者で、サイバースミスはギフテッドから成長したような人間。いかがでしょうか？」

　織田の言葉にはよどみがなかった。

「わたしはその方向性で間違いないと思います」

　夏希の言葉に、ほかのメンバーもうなずいた。

「そうですね。スミスが単独犯と考える根拠はどこにもないですね」

　山中も大きくうなずいた。

「ストンと落ちました。わたしも賛成です」

　横井は明確な発声で賛意を示した。

「反対意見もないようですから、捜査の方向はリアルとサイバー、少なくともふたり以上の犯人がいるという視点で進めたいと思います」

　織田の決定に誰もがうなずいた。

「しかし、サイバースミスはどんな人物なんだろうなぁ」

　腕を組みながら横井は鼻から息を吐いた。

「大変に困難な問題ですね。リアルスミスについては真田さんの力や僕たちが実際に出会ったことでずいぶんとベールが剝がれてきました。ですが、サイバースミスについては、現時点ではマルウェアなどしか材料がありません。五島くん、なにか意見はありますか」

織田に問われて五島は眉根を寄せた。

「いまのところプログラムコードなどから類似性を持つクラッカーを発見することはできておりません。疑いのあるクラッカーがいれば、コードの比較などである程度は絞り込めるのですが……」

五島は難しげな表情を浮かべた。

「そう簡単な話ではないですよね」

「ただ、ひとつ考えたことがあるんですが……」

五島は言いよどんだ。

「どうぞ、なんでも言ってください」

「では……サイバー犯罪の最前線には若い頭脳が向いています。多くのホワイトハッカー大会でも入賞するのは若手研究者や技術者ばかりです。失礼ですが五〇代以降の頭脳には処理しきれないことも少なくないと思います。これは偏見かもしれませんが」

遠慮がちに五島は言った。

「必ずしも偏見とは言えないかもしれません。僕はその分野には詳しくはないが……」

織田は反対しなかった。

「いやいや、このなかではいちばん年寄りですが、わたしなんぞ年々ボケてますよ。捜査の最前線にいた頃に比べたら頭ん中身はスカスカ、思考はヨタヨタです」

山中が冗談めかして言った。

「人間の脳の機能は、病的なものは別として、加齢によって衰えるとは言い切れません」

夏希は全員に向かって言った。

その場にいた人々がいっせいに夏希に注目した。

「脳機能の年齢的なピークについては決定的な研究が存在していません。一九五〇年代までの古典的な心理学の研究では人間の知能は二〇歳頃をピークとして後は下がってゆくものとされていました。一般的には二〇歳をピークと考える人が少なくないです」

夏希を見る人々はいっせいにうなずいた。

「しかし、最近の研究は必ずしもそう考えていません。たとえば例示できるのはマサチューセッツ工科大学の認知科学研究者であるジョシュア・ハーツホーン博士の率いる研究チームの発表です。研究チームは単語の暗記、他者の顔の識別、他者の名前の記憶、基本的な計算などの能力について一〇歳から九〇歳までの数千人を対象に調査を行いました。その結果明らかになったことは、『ほぼどの年齢についてもなんらかの能力のピークがある』ということでした」

　この夏希の説明にメンバーたちは誰しも驚きの表情を浮かべた。

「先生、人間は年取ったらボケるんじゃないんですね」

　山中はあ然とした表情で訊いた。

「もちろん認知症などの病的な原因に基づいて能力が低下する場合は別の話です。あくまでも健康な脳の話だと考えてください。この研究によれば一八歳前後では総合的な情報処理能力と記憶力、二二歳では名前を記憶する能力、三二歳前後では他者の顔を認識する能力、四三歳前後では集中力、四八歳前後では感情認知の能力、五〇歳前後では基本的な計算能力と新しい情報を学び理解する能力、六七歳前後に語彙力のピークがあると結論づけました」

　ふたたび全員が驚いた顔になった。

「驚くほかはないですね。とくに語彙力のピークが六七歳というのは想像もつかなかった」

　織田も目をぱちくりさせている。

「研究チームが全世代に多肢選択式の語彙テストを行った結果、統計的にピークとなったのが六七歳でした。七〇代でも健康な脳であれば、語彙力では若い世代に負けることはありません」

夏希の言葉に織田は深くあごを引いた。

「これからも自分の脳の機能を磨いていこうと思います」

「先生、さっきの感情認知の能力ってのはどういうことですか」

山中が興味深げに訊いた。

いつの間にか山中は夏希のことをすっかり先生扱いにしている。

「他人の感情を表情などから読み取る能力です。研究チームは数千人の目元のみの写真を見せて、写真の人物が何を感じているか、被験者に説明させました。この能力についての統計では四八歳がピークとなりました」

「そいつは刑事にはかなり大事な能力だな。それに女性にモテるのにも必要だ。デートのときに重要な能力だろ。うーん、四八歳か。まだ一年先だ。俺もこれから頑張るかな」

山中はまじめな顔で言っているが、後段は冗談なのだろう。

四七歳にしては山中は若く見える。

「四月に飲んだときに聞きましたけど、山中さん、奥さんいましたよね」

五島がすかさず突っ込みを入れた。

「うちのかあちゃん、怒ると鬼みたいな女なんだ。かあちゃんには内緒にしといてくれ」

冗談めかして山中は顔の前で手を合わせた。

いかつい顔に似合わず山中はなかなかひょうきんな男のようである。

「じゃ、今度ビールおごってくださいよ」

「おまえ、恐喝罪で逮捕するぞ」

山中はふざけてすごんだ。

五島は舌を出してからまじめな顔に戻って口を開いた。

「すみません。サイバー犯罪の最前線には若い頭脳が向いているなんて言ったのは直感なんです。最近、自分の脳の衰えを感じているんで……取り下げます」

五島は肩をすぼめた。

「ハーツホーン博士らの研究は、無作為抽出した一般的な被験者による結論です。さっき述べたギフテッドなどは研究の射程外にあると思います。サイバースミスは超人的なクラッカーですから、その能力も一般の人とはかけ離れていると思います。ですので、五島さんの意見を取り下げる必要はないと思います」

夏希の言葉に織田はうなずいた。

「そうだよ、五島くん。君の考えを続けてください」

織田が促すと意を決したように五島は口を開いた。

「では、あえて僕の直感を述べます。僕は《サイバー・セキュリティ・コンテスト・ジュニア》あたりの入賞者を当たってみるのも効果的だと思います」

気を取り直した五島はしっかりと自分の考えを述べた。

「そのコンテストにわたしの知っているギフテッドの子も入賞経験があります」

夏希はミーナの名前がはっきりしないように言ってみた。

「なんです？　そのサイバーなんとかコンテストっていうのは？」

山中はけげんな顔で訊いた。

「文部科学省と警察庁、総務省が後援している、一八歳未満の青少年のホワイトハッカー大会です。ホワイトハッカーの育成に資する政策として継続しています」

織田がさらりと説明を加えた。

「警察庁がそんな大会をやってたのか……」

驚いたように山中は言った。

「ハッカーというものはいろいろな機会を捉えて自分の能力を確かめようとするので

す。ですから、サイバースミスがこうしたホワイトハッカーの大会に出場している可能性は捨てきれません」

五島の言葉に被せるように織田が言った。

「サイバースミスが、そこで一定の成果を得て自信をつけ、クラッカーへの道を踏み出したという可能性はありますね」

織田の言葉は夏希の考えと一緒だった。

「僕はそう思うのです。参加者について調べるのには時間が掛かると思いますが……」

五島の言葉に山中が顔の前で手を振った。

「そんなの簡単だよ。なにせうちも後援者だ。出場者のリストなんて容易に入手できる」

山中が頼もしく請け合った。

「それならいいんですが……もう少し年齢が上だとすると、もっとレベルの高い大会の参加者となるとは思いますが」

五島に向かって織田が訊いた。

「たとえばどんな大会があるんですか」

「世界最大のホワイトハッカー大会は〝Pwn2Own〟と呼ばれています。セキュリティ研究組織"Zero Day Initiative"が、二〇〇七年から毎年開いていて、おもにソフトウェアのセキュリティホールを発見するコンテストです。この大会の受賞者はセキュリティ研究者の世界では『神々』とも呼ばれます。昨年はテキサス州のオースティンで開かれましたが、なんと日本人若手研究者の志賀遼太氏という方が受賞されて三万ドルの賞金を獲得しています。これは二〇一三年に三井物産セキュアディレクション株式会社のチームの受賞以来の快挙です。しかし、ここまでメジャーなホワイトハッカーが、スミスのような悪質なクラッカーに堕するとは思えません。ＩＴの世界では名士となるわけですから」

五島は考え深げに言った。

「つまり五島さんの考えはこういうことですね。年少の頃にホワイトハッカーとして活躍した人物が何らかの理由で闇落ちして悪質なクラッカーになったという」

織田は納得したように言った。

「そう、まさに闇落ちです。まぁ、さっきから言っているようにこれは単なる直感に過ぎないのですが」

「わたしの直感を言っていいですか」

夏希も自分の考えを述べようと思った。ブレーンストーミングなのだし、根拠が希薄でも黙っているべきではないと思ったからだ。

「ぜひ言ってください」

織田は力づよく促した。

「五島さんの考えに反対ではありません。でも、もう一つの可能性があると思います」

「どんな可能性ですか」

身を乗り出して織田は尋ねた。

「サイバースミスはＩＱが非常に高い一方、精神的に未成熟な人物なのではないかと思っています。だからこそ自分の行為の結果が実社会にもたらす影響をそれほど深く考えられないのではないかとも考えます。乱暴な言い方ですがゲーム感覚です。『自分はこんなに優秀だぞ。ほら、飛行機飛べないだろ』みたいな感じで無邪気に喜んでいる人物像を感ずるのです。次々に大手インフラにサイバー攻撃を仕掛けるのも罪の意識を持っていないからだと思います。それでいて他者の生命身体に決定的影響を及ぼすような攻撃は避けています。そのあたりにもゲーム感覚を見いだせるのです。たとえば実社会における体験が圧倒的に不足している人物像を思い浮かべます。端的に言うと子どものような人物です。根拠としては希薄です。わたしの直感に過ぎませ
ん」

言葉とは裏腹に夏希はこの線はかなりつよいのではないかと感じていた。

サイバースミスは龍造寺ミーナと似たような人物ではないかと直感していた。

「なるほど、一理ありますねぇ」

織田は低くうなった。

「サイバースミスは社会的経験が不足していて罪の意識も希薄な子どものような人物……そうだとすると、サイバースミスはあのリアルスミスに優秀な能力を悪用されているとも考えられますね」

夏希の考えに横井は肯定的だった。

「そこまでは断言できませんが、否定もできません」

夏希はあいまいに答えた。

「問題はリアルスミスとサイバースミスを結びつけている関係ですよね。これがまったく見えてこない」

横井は低くうなった。

「金銭、脅迫、男女、親族、政治、宗教……」

山中が独り言のようにつぶやいた。

「山中さん、詳しく話してください」

織田が促した。

「はい、リアルスミスがサイバー犯罪の能力をたいして持っていないと仮定しての話ですが、サイバースミスが唯々諾々と従っている理由を考えてみたんですよ。まずはリアルからサイバーに対して多額の報酬がある場合です。次になんらかの理由でサイバーがリアルに弱みを握られて脅され言うことを聞かなければいけないような状況である場合、さらに恋愛関係や親子兄弟関係など心情的に縛られているような場合、さらに政治や宗教上の目的が一致している場合ですね。リアルとサイバーの間にこうした関係があれば、サイバーはリアルの言うことを聞くでしょうな」

山中は生き生きとした表情で言った。

「なるほど、共犯関係などもこうしたケースに入ることが多いですよね」

納得がいったように織田はうなずいた。

「もちろん、これだけではありません。たとえば両者が社会に対して恨みを抱いていて、混乱を生じさせて満足感を得ているような場合などです。つまりは愉快犯ですな」

「でも、山中さんは愉快犯とは考えていないのですね」

織田の問いかけに山中はうなずいた。

「断言はできませんが、違うと思いますね。もし愉快犯なら、たとえば銀行のATM

などずっと停めときゃ、おもしろいわけですよ。だけど、スミスはさっさと復旧させている。どのサイバー攻撃もさっさとやめてますからねぇ」

山中は鼻から息を吐いた。

「わたしは政治と宗教は除外していいのではないかと思います。いままでの犯行声明や真田さんへの返信のなかに政治色や宗教色を感じたことはありません。もしどちらかの目的を持っているとすれば、すでになんらかのカラーを出してきていると思います。たとえば政治的・宗教的なメッセージの発信などです」

織田の言葉に異を唱える者はいなかった。

「両者の関係も謎だけど、リアルスミスの動機はなんなんだろうなぁ」

横井は鼻から大きく息を吐いた。

「そうですね。こうした事例でよくある愉快犯でも金銭目的の利得犯でもなさそうですからね」

山中も相づちを打った。

「答えになっていないかもしれませんが、わたしは何らかの目的でサイバースミスの実力を世間に向かって誇示すること自体が、リアルスミスの動機なのではないかと思っています」

夏希はいままで考えたことを整理して言葉にした。

「どうしてそう思うのですか」

織田が夏希の顔を見て訊いた。

「ふたりのスミスは大手インフラばかりを狙っています。でも、金銭目的でないことは今朝の空港の一件でもよくわかりました。織田さんとも検討しましたが、金銭目的なら中小企業などを狙うはずです。クラッキングするのも比較的容易ですし、黙って身代金を支払う可能性も高いですから。次に最初から言っていることですが、ふたりのスミスは他者の生命身体にできるだけ被害を及ぼさないようにしています。さらにリアルスミスの犯行声明やわたしへの返信も常に自分の力量を誇るという要素を含んでいます。最後にサイバー特捜隊への挑戦を明確に示していますが、これも同じように自分の実力を世間に向かって誇示するための行動だと思います。なぜ、そこまでして自分の実力を誇示したいのかは少しも見えてきませんが……」

夏希の言葉に織田はしっかりとあごを引いた。

「なるほど、デモンストレーションだというわけですね。では、その目的はなんでしょうか」

織田の問いに夏希は首を横に振るしかなかった。

「わかりません。それがわかればスミスの実体がはっきりするのですが……」

「誰かこの件について意見のある人はいませんか?」

織田は全員に向かって問いを放ったが、誰も答える者はいなかった。

しばしの沈黙の後に織田が全員を見まわしてゆっくりと口を開いた。

「さて、これから我々はリアルスミスとサイバースミスの両者に迫っていかなければならないわけですが、捜査の進め方についての僕の考えをまとめて述べます」

全員が織田に注目した。

「リアルスミスとサイバースミスの関係について僕は、山中さんが述べた脅迫か男女・親族のどちらかだと思っています。さらに両者の目的は真田さんの指摘したサイバースミスの実力を世間に向かって誇示することだと考えたいと思います」

織田の声は室内に朗々と響いた。

「もちろん、ほかの可能性が出てきたらこの方向性はすぐに修正します。ですが、いまはこの方向で捜査を進めたいと思います。そこで、五島くんのチームには引き続きスミスのサイバー攻撃の痕跡(こんせき)からほかのサイバー攻撃との類似性を探してほしいと思います。山中さんのチームには《サイバー・セキュリティ・コンテスト・ジュニア》の入賞者あたりから始めて、ここ数年目立った活躍をしたハッカーコンテストの参加者をチェックしてほしいと思います。また、近年の警察退職者等のなかで疑義のある者がいないかどうかも調べてください。真田さんにはいままで通りリアルスミスとの対話を続けてもらって、その実体に迫るよう努めてください。以上が今後の捜査方針です」

全員がいっせいに了解の意を口にした。

「群馬県警に対してはリアルスミスの痕跡を追いかけてもらっています。倉庫には指紋はありませんでしたがゲソ痕、つまり足跡は採取できたそうです。また、フェイク爆弾という遺留品がありますので、こちらのナシ割り捜査、つまり出所を調べてもらっています。また、逃走に使ったバイクについて高崎市西部と安中市を中心に防犯カメラ映像を確認してもらっています。群馬県警の捜査でどこまで明らかになるかはわかりませんが、サイバー空間ではミスをしなかったスミスがリアルでは大きなミスを犯したと言えます。わたしが考えるに、リアルスミスはわたしたちを襲ったことで尻尾を出したと言っていいと思います」

織田は全員を見まわしてはっきりとした口調で言った。

【2】


大関が息せき切って飛び込んできた。

「隊長、大変です。ネットに出ました……」

大関の顔色は真っ青だった。

「出た……写真か」

織田の声はかすれた。

大関は黙ってうなずいた。

夏希の心臓は何者かの手でぎゅっと摑まれたように収縮した。

「おい、大関、どこに出たんだ」

横井が叫んだ。

「SNSのツィンクルです。エージェント・スミスでヒットしました」

身体に似合わない弱々しい声で大関は答えた。

「ちょっと待ってください」

目の前のノートPCのタッチパッドを五島が手早く操作した。

しばらくすると、五島が画面を見てのけぞった。
「うーん。これかぁ」
ガタガタと椅子が鳴った。
全員が五島の背後を囲んでPCの画面に見入った。
夏希はこわごわ画面に視線を移した。
「ああ……」
意味不明な声が出た。
「僕は……はっきり写ってますね」
織田はかすれた声でつぶやいた。
横長の画面にふたりの人影。
椅子に座らされてロープで縛られた姿が闇のなかに浮かび上がっていた。
あのときは三、四メートルほどの距離から撮っていたはずだ。
フラッシュの光に織田は大きく目を見開いていた。
いささかブレているが、端整な織田の引きつった顔がしっかり写っている。
ところが……。
夏希の顔は黒くつぶれてあまり鮮明には見えない。

全体にポワンとした感じで個人の特定は難しいかもしれない。

若干斜めから撮っているせいで右側に座らせられていた夏希までの距離が少し遠いようだ。そのためにフラッシュの光がじゅうぶん届かなかったのかもしれない。

バックはほとんど真っ黒に沈んでいた。

「それでも真田さんがはっきり写ってなくてよかった」

当の織田はやさしい言葉を掛けてくれた。

織田には悪いが、夏希は少しホッとした。

スミスはあのとき写り具合を確認していた。ということは、夏希についてはどうでもいいと思っていたということだ。だからこそ夏希の名前も出していないのだろう。

要するにスミスにとってサイバー特捜隊のメンバーであっても心理分析官に過ぎない自分は攻撃対象と明示する意味がないのだろう。皮肉な話だが、ラッキーだった。

「もっとしっかりホールドしないとダメだよな……」

横井がぼんやりと言った。

「問題は写真より投稿内容ですね」

織田は憂うつそうな声で言った。

「たしかに……」

乾いた声で横井は答えた。

写真の下にはこんなコメントが記載されていた。


――羽田空港、新幹線、携帯電波、交通系ICカード、銀行ATM。五月一〇日から今日まで私はいくつもの偉大なシステム障害を引き起こした。すべてはこの情けない織田信和(のぶかず)率いる警察庁サイバー特捜隊に対する挑戦だ。昨夜、某所に彼を拘束した記念写真を皆さまにお送りする。

byエージェント・スミス

「スミスの野郎、ふざけやがって」

山中がテーブルをどんと叩(たた)いた。

怒り心頭に発しているらしい。

予想できた内容とは言え、実際にツィンクルに投稿されたものを見ると、夏希の胸の内にも激しい怒りが湧き起こってきた。

まるで頭から汚物を浴びせられたような気持ちだった。

織田の顔に怒りは感じられない。むしろ悲しげな表情を浮かべて唇をかんでいる。

「投稿時刻は一二時一五分。いまから七分前です。投稿者はエージェント・スミス名義でフォローもフォロワーもゼロです。投稿直前に登録したアカウントです。いまのところ、この投稿内容を真実と思っている利用者はいないようですが」

あえて感情を抑えたような平板な調子で五島は言った。

「織田隊長の写真の真偽を検証する者がいるでしょうから、残念ながら時間の問題で被写体が本物であることは広まってしまうでしょう」

横井は眉間にしわを寄せた。

「そうでしょうね。隊長就任のときにいくつかのメディアで顔出ししていますから、検証されるのは時間の問題です」

「とすると、システム障害の犯人がエージェント・スミスと名乗って犯行声明を出したと思う人も出てくるはずです」

横井は暗い声で言った。

「まぁ、数時間でそんな投稿であふれかえるでしょう」

苦しげな織田の声だった。

「妻木くん、溝口くん、このアカウントを追っかけてみて。まずたどり着けないと思うけど」

五島は早口で指示した。

「了解です」

「わかりました」

ふたりはあわてて部屋から出て行った。

「ツィンクルに利用者情報を開示させるのには捜索差押許可状が必要です。任意での提出を依頼しても拒否されます。わたしが手配しましょう」

横井がつよい口調で言った。

「いままで僕が捜査に携わったネット犯罪者は、利用者情報を開示させても偽装したメアドや発信元情報を使用していたので、それで犯人が特定できたことはありません」

織田は力なく答えた。

「念のためです。やりましょう」

だが、横井はあきらめなかった。

「では、頼みます」

「問題は火消しですね」

横井は腕組みをした。

「そうですね、ひと騒ぎ起こることは間違いありません」

織田は平らかな声で答えた。

「この投稿に対してわたしからスミスにメールを送りましょうか」

夏希の問いに織田は首を横に振った。

「いや、今回はしばらくようすを見ましょう。世間の反応によってはスミスがこちらにメッセージを送ってくるかもしれません」

「わかりました。必要なときには指示をお願いします」

「了解です。僕はちょっと電話を掛けてきます」

織田はいきなり身を翻した。

「どちらへ電話するんですか？」

横井が背中に向かって尋ねた。

「長官官房です。起きてしまった事態を報告しなければなりません」

織田は振り向きもせずに答えた。

自分のブースに戻る織田の背中に孤独を感じざるを得なかった。

五島はツィンクルの画面をチェックし続けている。

夏希と横井、山中はそれぞれ椅子に座った。

いまなすべきことがわからない。

横井と山中も同じように見える。

重苦しい空気が部屋を包んでいる。

「ああ、ダメだ。早くも検証の投稿が出てきた」

画面を覗き込んでいた五島が天を仰いだ。

「どんな投稿ですか？」

夏希は恐る恐る訊いた。

「スミスの投稿を引用した上に織田隊長の報道写真をアップして『この織田ホンモノだ！』っていうコメントを入れてる投稿です。この投稿者がネタ投稿のインフルエンサーなんですよ。あっという間に拡散していってます。すでに『サイバー特捜隊への挑戦とかいうクソな理由でスマホもＡＴＭもＳｕｉｃａも使えなかった。サイバー特捜隊氏ね』といった類いのうちへの批判コメントが投稿され、こちらも拡散を続けています。抑えようがないですよ。一時間もすれば『サイバー特捜隊氏ね』がトレンドに載ります」

五島は不愉快そうに口を尖らせた。

「ツィンクルに削除要請できないのか」

横井の言葉に五島は首を横に振った。

「表現の自由を阻害するという批判から、削除に慎重になってきたツィンクルの運営者は絶対に応じないですね。訴訟でも起こさないと……。さらに削除という選択肢は決してよい結果を生みません」

五島は眉間にしわを寄せた。

「そうなのか……」

横井は言葉を失った。

「仮に消したら、SNS普遍の法則『消したら増える』が必ず発動します。すでに魚拓……投稿をキャプチャーした画像のことですが……その魚拓をとっている連中が山のようにいるはずです。消したら魚拓がネット中にあふれかえります。消すのは最悪の選択となりますよ。いったんネットにアップされた画像は半永久的に残り続けるのです」

最後のほうは悲鳴を上げているような五島の声だった。

夏希もほかのふたりも返す言葉がなかった。

室内には重い沈黙が漂った。

六、七分したところで織田がゆっくりとこちらへ帰ってきた。

「怒られましたよ。奥平(おくだいら)参事官がカンカンに怒ってました。『なんのためにおまえをサイバー特捜隊長にしたと思ってるんだ。世間に警察庁を攻撃させるためじゃないぞ。おまけにスミスとやらに捕まるとはなんて間抜けなんだ』ってな感じですね」

織田は苦笑いしながら答えた。

なんとなく開き直っているようにも見える。

もしかするとクビを覚悟しているのかもしれない。

警察庁長官官房には五名の参事官がいる。階級は警視長で、そのうち一名が国際・サイバーセキュリティ対策調整担当となっている。カンカンに怒っている奥平参事官がたぶんサイバー担当なのだろう。

「で、どんなことになりましたか」

横井が気遣わしげに訊いた。

「まずはマスメディアからなにか問い合わせがあった時点で、釈明の記者発表をしろと言われました」

「記者会見を開くんですか」

「いや、いまの時点では投げ込みでいいということでした」

投げ込みとは、プレスリリースと呼ばれる文書を、記者クラブの机や棚などに配布する記者発表の方法を言う。

たしかに織田がテレビカメラの前に顔を出せば、かえって一般市民を刺激するかもしれない。落ち度があったら警察を批判したいエネルギーは世間に渦巻いている。寝た子を起こすなという方針のような気がした。

「スミスの犯罪と我々への挑戦という事実を公表するのですか」

横井は重ねて問うた。

「仕方がありません。スミスがこの後もどんなメッセージを世間に対して公表するかわかりません。中途半端に隠すとあとで身動きが取れなくなります」

織田は眉間にしわを寄せた。

「たしかにそうですね。ましてウソはつけない」

難しい顔で横井はうなずいた。

「ウソはいちばんマズいです。自殺行為ですよ。ただ、今回のスミスの投稿に対するコメントしか載せません。僕はこれから文案を練ろうと思います」

「お手伝いしましょうか」

横井の提案に織田は手をかるく横に振った。

「仕上がってから見てください」

「了解です」

「参事官からはもうひとつ大事なことを言われました」

織田の声は沈んだ。

「どんなことを……」

横井の顔に緊張が走った。

「ドスのきいた声でね、『一週間以内にスミスを検挙しろ。それができなかったら覚悟を決めろ。いずれにしても無傷では済まんぞ』って言われましたよ」

織田は淡々とした声で言った。

「そんな……」

夏希も思わず声を出した。

一週間の期限を切られたわけだ。

「無傷では済まないという言葉の意味は聞きませんでした。まぁ、どこか地方に飛ばされるんでしょう。皆さんといつまで一緒に仕事できることか。もしスミスを検挙できなければクビでしょうね。いずれにしても僕の将来は終わったようなもんです」

織田は自嘲気味に笑っている。

やはり織田は覚悟を決めたのだ。

キャリアの出世競争は厳しい。同期のなかで警察庁長官や警視総監になれる者は一、二名だ。入庁のスタートラインから誰もがほかの者より少しでも上に行こうとしのぎを削っている。上層部から見て大きな失策をしでかした織田は大きく劣後してしまったに違いない。

「わたしたちは誰もが織田隊長と一緒に働きたいのです」

横井は声を震わせた。

「わたしもです。織田さんと働きたい」

自分の思いが大き過ぎて、こんな言葉しか出てこないことが夏希は悔しかった。

「隊長がいてこそのサイバー特捜隊です。ほかの特捜隊じゃない。僕は織田隊長の特捜隊で働き続けたいのです」

五島は真剣な顔つきで言った。

「ありがとう。皆さんの気持ちはありがたいです」

織田は静かに答えた。

「スミスのクソ野郎っ。絶対に許さねぇ。首に縄つけて引っ張ってきてやる」

荒っぽい言葉を出して、山中は文字通り地団駄を踏んだ。

「山中さん、一緒にスミスを捕まえましょう。一回戦で僕は負けました。でも、二回戦では負けません。必ず勝ってみせます。皆さん、僕と一緒に戦ってください」

織田の眉が少し吊り上がっている。

「わたしの警察官としてのすべてを懸けてわたしは隊長と戦います」

まるで怒っているかのような横井の顔だった。

「なんと情けねぇ。そんな水くさいこと言わないでくだせぇよ、隊長ぉ」

時代劇に出てくる侠客みたいな口調で山中は言った。

「織田さん、わたしはどこまでも従いてゆきます」

しっかりとした自己表現ができない自分が夏希は悔しかった。

「皆さん、ありがとう。頑張りましょう」

織田の瞳に炎が燃えているような気がした。

「では、僕は投げ込みの文案を練ります」

かるく頭を下げて織田は踵を返した。

それを機に全員が自分のブースに引き上げた。

【3】

織田は記者発表の原稿を作成している。横井はツィンクルのスミスのアカウント開示の令状請求のための疎明資料作りを始めた。山中は《サイバー・セキュリティ・コンテスト・ジュニア》の参加者チェック、五島はツィンクルのチェックを続けている。スミスが次のメッセージを発信するまで夏希が取り組まなければならない課題はなくなった。

夏希は今回のすべての事件をノートに整理し始めた。

問題が混乱してきたときに、こうして水性ボールペンで頭の中身を紙のノートに書くことを夏希は好んでいた。

思考の過程でアナログ文具を用いると、手指からの刺激を与えられた脳は活性化する。このことは多くの研究で肯定されている。

「スミスの正体に迫る鍵は見つかっていない。でも、たくさんのヒントがばら撒かれた……」

夏希は独り言を口にした。

なによりもリアルスミスが夏希たちの前に実体を現したことは大きい。それまでスミスはネット上のテキストやコードとしての存在でしかなかったのだ。

それからしばらくの間、夏希は事件を振り返りつつ、自分の感じたことについてのメモをノートに書き込んでいった。

ずっと考えても新しいデータがない限り、スミスの正体に迫ることはできそうにない。

夏希は捜査会議でもこうした状況をさんざん味わってきた。夏希は捜査幹部ではないが、福島一課長や佐竹・小早川両管理官のように捜査員からの情報を待ち続けることが少なくなかった。さまざまな警察署の講堂や会議室で過ごしたあの時間がなつかしく思い出された。

窓からは斜光線がつよく注ぎ始めた。もうすぐ四時になる。

織田からの呼び出しはない。あれ以来、スミスからのメールや犯行声明はないようだ。

スミスはツィンクルの投稿に対する世間の反応を待っているのだろう。

机上の内線電話が鳴った。

「織田です。緊急ミーティングを開きます」

織田の声は緊張感を帯びていた。

スミスからの新しいメッセージが入ったのだろうか。

「すぐ行きます」

受話器を置いた夏希は小走りにミーティングスペースに向かった。

テーブルの端には五島が座っていた。

「真田さんはAndroidとiPhoneとどっちがいいですか？」

五島の前に二台のスマホ端末が置いてあった。

「え？　これ？」

夏希はとまどいつつ訊いた。

「スマホ、犯人に盗られちゃったんでしょ？　うちのサンプルスマホの予備です。とりあえず使ってください」

五島はにっこり笑った。

「じゃ、iPhoneで……」

この五島の親切には感謝するしかない。

夏希が盗られたスマホはAndroid端末だったが、いまここにあるものとは違うメーカーの機種だ。iPhoneは以前使っていたのでかえって使いやすいと思った。

「はい、どうぞ。SEなんでディスプレイも小さいし、機能は限られますが」

「でも、あの電話代は？」

「無制限の契約をしているのでご心配なく。ご自分のを用意するまで使っていてください。隊長にも一台お渡ししました」

「ありがとうございます」

夏希は頭を下げて白っぽいスマホを受け取った。

織田と山中が部屋の奥から出てきた。

「事態が急変しました」

織田の表情には明るさが見えた。悪い知らせではなさそうだ。

「すみません、遅くなりました」

横井が後から入って来て、全員が席に着いたところで織田が四人を見まわした。

「まず第一に、山中さんのチームが重要な情報を入手しました」

織田は山中にあごをしゃくった。

「まだスミスにつながるかどうかははっきりしないのですが……うちのほうで本庁から資料をもらい《サイバー・セキュリティ・コンテスト・ジュニア》の過去五年間の参加者について捜査を進めました。その結果、現在の状況がはっきりしない参加者が見つかりました」

山中は淡々と説明し始めた。

全員が山中に集中した。

「一昨年、二〇二〇年に準優勝をしている野村直人という一〇歳の児童です。ブルーボーンを使ったクラッキングに対するセキュリティ対策などで準優勝したそうです」

山中はメモを見ながらたどたどしく話した。

「ブルーボーン？」

横井が反復したが、夏希ももちろん知らない言葉だった。

「ブルーボーンとはブルートゥースの脆弱性の総称です。ブルートゥースはいまどのスマホにもＰＣにも搭載されている無線通信機能の規格ですが、この脆弱性につけこんでサイバー攻撃者は端末に不正アクセスできます。結果として攻撃された者のスマホやＰＣを乗っ取ることができます」

五島がわかりやすく説明してくれた。

「ということです。ははは、わたしゃそのあたりはさっぱりわからんのですわ。とにかく野村直人くんは小学校四年生のときにこのコンテストで準優勝しています。ところが、昨春から消息不明になっています」

「消息不明ですか……」

横井は目を見開いた。

「ええ、東京都の町田市南成瀬という住所に居住しているんですが、南成瀬小学校に電話したら、令和二年度、二〇二〇年度に担任をしていたという先生が出てくれました。野村くんの名前を出したら、すごく心配そうに『事件に巻き込まれたのですか』と訊いてきました。詳しいことを訊いたら、二〇二一年の一月からずっと学校に来ていなかったそうです。先生たちは何度か家庭訪問もしているのですが、保護者も含めて誰にも会えなかったそうです。ただ、保護者からはその年度末の三月に福井県の学校へ転出すると電話で告げられ書類を自宅に郵送したそうです。ところが……」

「転校はしていないのですよね」

織田は念を押した。

「ええ、まだ裏をとってはいませんが、住民異動の届出はないようです。転出先の学校からの転入学通知書が届かない南成瀬小学校が町田市教委へ連絡を取ったところ、転入の事実がないことが判明したそうです。保護者が南成瀬小学校に告げた転出先の住所や電話番号は実在するのですが、まったく関係のない飲食店だったそうです。町田市教育委員会では都教委への報告はしているそうですが、都教委からの指示待ちでそれ以上の対策はとっていないようです」

保護者から転出の連絡があったのだから、これはふつうの対応なのかもしれない。

「保護者は南成瀬小学校へは姿を現していないのですね」

気難しげに横井が確認した。

「ええ、すべては電話連絡だったそうです」

「すると保護者を名乗っているのは別人かもしれない。その一家が事件に巻き込まれた可能性はありますね」

横井は眉間にしわを寄せた。

夏希の頭には秘密組織に誘拐された龍造寺ミーナの事件が蘇った。ただ、今回のケースでは保護者も行方不明のようだ。

「はい、ただ町田署等にはどこからも行方不明者届は出ていませんので、捜索などは行われていません」

「まぁ、福祉事務所はともあれ、このケースで学校関係者から届出があることはまずないだろう」

横井は低くうなずいた。

「ここからが重要なんですが、野村直人くんの家族構成です」

夏希も横井も身を乗り出した。

「直人くんは父子家庭でした。兄弟はいません。母親は二〇一七年に病死しています。問題は直人くんの父親なのですが……警察官なのです」

一瞬、室内に沈黙が漂った。

「正しくは元警察官です。直人くんの父親、野村隆行さんは現在、四二歳。警視庁南大沢警察署に生活安全課防犯係長として勤務していました。階級は警部補です。ところが、二〇二一年一月末日に自己都合退職しています。その後のことは警視庁ももちろん把握していません。防犯係長としてはまじめな勤務態度で部下の信頼も厚かったそうです。南大沢警察署に電話したら、もとの部下という男が教えてくれました。わたしたちが調べたことは以上です」

山中はかるく一礼して話を終えた。

「サイバー・セキュリティ・コンテスト・ジュニアの準優勝者となると、かなりのIT技術を持っていることは間違いありません。しかも当時、四年生だとすると現在六年生となった直人くんがどれほど能力を発展させているのかは想像以上のものがあるかもしれません」

五島はやんわりと言ったが、野村直人がサイバースミスである可能性を指摘しているように聞こえた。

「うん、気になるな。しかし、いちばん気になるのはこの子の不登校と不自然な転校だ。いや、実際には転校していないのだな。誰かが保護者になりすまして南成瀬小学校に電話した可能性は低くないと思う」

　横井が腕組みをした。

「もし横井さんの言うことが真実だとすると、何者かが能力を利用したくて野村直人くんを拐取した可能性もありますね。天才ハッカー少年は言葉は悪いですけど、利用価値が大きいですから。犯罪者集団に使われている恐れもあります」

　五島の言葉に、夏希はふたたび龍造寺ミーナのことを思い出した。

「そうだとすると、この警察官出身の父親は、息子を人質にとられて自分の意思に反して隊長たちを襲った可能性がつよいですね」

　考え深げに横井は言った。

「わたしは……ちょっと違和感を覚えます」

　夏希は自分のこころに兆した違和感を頭のなかでまとめた。

「どうしてです？　さっきのミーティングでも山中さんは拳銃奪取の手際のよさからリアルスミスは警察官か警察官出身者と言っていたではないですか」

　横井が口を尖らせた。

「素人じゃないと思いますがねぇ。わたし自身だってそんなに手際よく拳銃を奪えるとは思えないです。わたしよりしっかり訓練を受けている人間だな。こりゃ」

笑い混じりに山中は言った。

「いえ、リアルスミスが警察官出身者であることを否定しているわけではありません。でも、メールや犯行声明でスミスがみせる人格、さらに群馬の倉庫で出会ったスミスの印象は、息子を人質に取られて仕方なく行動している人間のようには見えなかったのです」

夏希は冷静な調子で自分の考えを述べた。

「では、どんな風に見えたのですか？」

横井が真剣な顔で訊いた。

「もっと積極的というか、自分の意思で行動しているように見えました。また、わたしたちの拉致を楽しんでいるようなところもあったように思います。だから、脅されているという説にはどこか違和感があるのです。織田さんはどう思いますか？」

夏希はあの場をともに経験した織田に同意を求めたかった。

「リアルスミスには演技力があるだけなのかもしれない……僕には判断がつきかねます。ただ、警察官経験者を探しているところにこんなかたちで野村隆行さんが現れたのですから……」

織田は言いよどんだ。

「まぁ、そのあたりは後回しでもいい課題ですね」

横井はあっさり旗を巻いた。たしかに、いま意見を戦わせてもあまり意味はない。

「とにかく野村隆行、直人の父子の行方を追いたいと思います。本当なら南成瀬の自宅を捜索したいところですが、現時点では野村隆行さんを被疑者扱いできるだけの情報はなく、裁判官が令状を発給してくれるとは考えられません。家宅捜索は不可能です。まずは山中さん、野村父子の写真の手配をお願いします」

織田は毅然とした表情で言った。

「了解です。南成瀬小学校と南大沢警察署に依頼してみましょう。しかし、息子のためだとすると、気の毒な話だな。では、失礼します」

山中は一礼してテーブルから離れた。彼は横井説にこだわっているようだ。

「ところで、五島くん。ツィンクルはどんな感じかな」

憂うつそうな声で織田は訊いた。

「いや、すごい勢いで拡散していますよ。予想通り『サイバー特捜隊氏ね』も、トレンド入りしてます」

「そうか、そうだろうな……」

あきらめたような声で織田は言った。

「ただ、『サイバー特捜隊なにしてんだ』という類いの批判的な意見も少なくないですが、織田隊長に同情的な意見のほうがずっと多いです。さらに提示されている羽田空港、新幹線、携帯電波、交通系ICカード、銀行ATMへのサイバー攻撃をすべてスミスの犯行と考えている者は驚くほど少ないです。ITの専門家からも短期間での犯行実行を怪しむ声が多く投稿されています。スミスを嘘松扱いしている投稿のほうがずっと多いです」

五島の声はいくぶん明るく変わった。

嬉しい誤算である。現時点ではという条件付きだが、織田が恐れていた最悪の事態はやってきていないようだ。

「ツィンクルなどはフェイクな情報が洪水のように流れているSNSですからねぇ。スミスの投稿を信用しないユーザーも少なくないのでしょうね」

五島の言葉には説得力があった。

「嘘松ってなんだ？」

この言葉はツィンクルでよく見かけていたが横井は知らないようだ。

「本来は荒唐無稽な体験談を実話と称してSNSに投稿する者を批判的にいうインターネット・ミームですが、ここでは大言壮語するヤツ、嘘つきの意味で捉えてくださればいいです」

「なるほどな。嘘松か」

　二人の会話を聞いていた織田の表情が厳しく引き締まった。

　織田の心情を夏希はうかがい知れなかった。

「記者発表をしたのですか？」

　夏希は織田に尋ねた。

「はい、午後三時に警察庁記者クラブに対してプレスリリースを出しました。どうせ夕刊には間に合いません。全文掲載するかはわかりませんが、新聞各紙は明日の朝刊の扱いでしょう。テレビ各社は五時のニュースで報道すると思います」

「拝見してもいいですか」

「ええ、横井さんには見てもらったんですが」

　織田はスーツの内ポケットから四角に畳んだ一枚の紙を取り出して夏希に渡した。

　――本日正午頃、SNSツィンクルに警察庁特別捜査隊の織田信和隊長が拘束されている写真が投稿されました。織田隊長は昨夜、部下とともに捜査活動に従事中に群馬県内で何者かに監禁されて身柄を拘束されましたが、自力で脱出して現在は公務に戻っております。スミスを名乗る発信者については、本人の申告内容を含めて現在捜査中です。頻発している重要なサイバー犯罪については、一日も早く犯人を検挙するためにサイバー特捜隊はもとより各都道府県警察の捜査員が全力を尽くして捜査中です。

警察庁長官官房

「なるほど……うまくできていますね」

夏希は低くうなった。

これが官僚が作る文章というものか。謝罪の言葉もないが、事実と反している部分もない。責任を問うような突っ込みも入れにくい。自分だったらさっさと謝ってしまうだろう。

「さすがに隊長です。真実を述べていますし、これなら大きな問題は起きないでしょう。ただ、マスメディアからは犯人の正体について矢のような取材がきますね。まぁ、それは随時対応してゆくしかないですね」

横井も大いに評価している。

「僕がいま心配しているのは、ツィンクルに嘘松のたぐいの意見が多いことです」

さっきの織田が見せた厳しい表情の理由が知りたかった。

「どんなことを心配しているのですか？」

夏希は単刀直入に訊いた。

「スミスは自分の投稿に対する人々の評価を気にしているはずです。だからこそいまは目立った動きを見せていない。ですが、もし彼のサイバー攻撃に対する評価が嘘松扱いされたら、彼の狙いは外れていることになります。しかも僕と真田さんの拘束写真に対しても世間は同情的となると、ますますスミスの狙い通りの結果が出ていないことになっているわけです」

「たしかにおっしゃるとおりですが……」

横井の言葉をかるく手で制して織田は続けた。

「ふたつの心配があります。ひとつは僕たちを拘束した経緯を詳細に公表するかもしれないということです。新幹線を停めた。安中中央署に僕らの身柄を確保させた。続けて道路の誤情報を送出し僕たちをあの倉庫におびき寄せた。佐野さんの拳銃を奪い僕と真田さんを監禁した。この経緯を検証されると、多くの人が困ります」

織田の言うとおり、夏希も佐野も安中中央署の小坂署長も新幹線や道路の管理者もみな迷惑するだろう。時間が経てば、すべての事実が明らかになってもたいした被害は出ないかもしれない。だが、いまは困る。国民の批判がどういうかたちで噴き上がるかわからない。

もちろん夏希自身も名前が公表されたら、いろいろと大変だ。

その状況を考えると、ちょっとゾッとする。

「もうひとつ、もっと恐れていることですが、今度は犯行予告を世間に公表した上で、いままで以上に大きなサイバー犯罪を起こすのではないかということです。彼はあの投稿を信じてもらわなければならないのです。自分の実力を世の中にひろめたいのです。そのために新たな犯罪を実行する危険性が高いと憂慮しています」

織田の言葉には説得力があった。

「次の犯行を阻止していかなければならない。しかし、そのためにはスミスに迫ってゆく必要があるのです。僕はまず……」

織田の言葉を遮ってあわただしいノックの音が響いた。

「隊長、大変です」

駆け込んできたのは大関の大柄な身体だった。数時間前と同じ……まるで既視感だ。

ただ、大関の顔色はさっきより悪くはないような気がする。

「なにか起きましたか」

織田は緊張感を表情に上らせた。

「群馬県警刑事部から電話が入っています」

大関は壁の固定電話を指さした。赤いランプが点灯している。

織田は足早に歩み寄って受話器を手にした。

「はい、織田です。ご苦労をお掛けしています。えっ、そうですか！　それはありがとうございます。どんな経緯で発見できたのですか？」

織田の声は大きく弾んでいる。なにかが見つかったらしい。

電話口から男の声がしばらく続いていた。

さらさらと織田はメモをとっている。

「そうですか、ご尽力に感謝致します。大変にありがたいです。その映像のコピーをこちらへ転送して頂けないでしょうか。はい、転送方法については部下に連絡させます」

弾んでいる織田の声は久しぶりに聞いた気がする。

受話器を置いた織田の顔は明るかった。

「朗報です。リアルスミスの利用していた可能性のある車両の情報が入りました」

織田の声は力づよく響き渡った。

「やりましたね！」

五島がガッツポーズをとった。

夏希も気持ちがいっぺんに明るくなった。

「ちょっと一本電話しますね」

織田はもう一度受話器を取って番号キーを押した。

「お世話になっています。サイバー特捜隊の織田です。いえ、ご心配お掛けして申し訳ないです。はい、大丈夫です。で、お願いがあります。昨夜の事件の被疑者逃走車両と思われるクルマのナンバーが判明しました。群馬県警からの情報です。このクルマをNシステムで追いかけて頂きたいのです。ナンバーを言いますね。湘南３３０た○○○○。繰り返します」

織田が伝えたナンバーは湘南陸運事務所の登録車両だ。とうぜん登録住所は神奈川県内である。バイクではなく四輪車らしい。〝３３０た〟は四輪の普通自家用自動車の番号だ。

Nシステムは設置場所を走行している自動車のナンバープレートを自動的に読み取り、手配車両のナンバーと照合するシステムである。

正しくは自動車ナンバー自動読取装置という。一九八七年から犯罪捜査のために警察庁が主要国道や高速道路、空港や都道府県庁、原子力発電所、自衛隊や在日米軍関連施設など一五〇〇箇所以上に設置している。スピード違反取り締まりを目的とした速度違反自動取締装置、通称オービスとは用途も規格も異なる。

いずれにしても利用していた可能性のある車両のナンバーが判明したのだから、リアルスミスにぐんと迫ってゆける。

夏希の鼓動は一挙に速まった。身体にアドレナリンが湧き上がってくるのを感じた。

織田が受話器を置くと、横井が不思議そうに訊いた。

「スミスはバイクで現場に来ていたのではないのですか？」

「そうです。ですが、高崎市内まで箱バンで運んでそこからバイクで現場を往復したようです。もしかすると、なんらかの方法で緊急配備が張られてバイクだと停められることを恐れたのかもしれません」

織田はゆっくりと席に戻った。

「やはりリアルスミスは警察官出身者の可能性が高いですね」

納得したように横井はうなずいた。

「それでどこで乗り換えたのですか？」

夏希は続きが聞きたかった。

「高崎市上並榎町という住所で、烏川の河川敷にある高崎経済大学の駐車場です」

スミスは妙な場所にクルマを駐めたものだ。

「どうしてスミスのクルマの可能性があるとわかったのですか」

夏希にとってはまったくの謎だった。

「それがね、その駐車場は大して整備されておらず、ゲートなどもないような場所なんですよ。教職員用は校舎の横に別にあって、河川敷にあるその駐車場は学生が自由に駐車できる感じなんですね。ところが、近くには商業施設もなく住宅地もいくらか離れているため夜間の駐車などはほとんどないそうです。で、高崎署の地域課自動車警ら係のパトカーが昨夜の九時頃に通りかかって県外ナンバーの黒い箱バンが駐まっていたんで、ちょっと不審に思っていたそうなんですよ。もっとも高崎経済大学の学生は全国から来ているので県外ナンバーは時おり駐まってはいるそうなんですが……。まぁ、その地域課員なりの直感でしょうね」

「ありますね。なんとなく不審だってクルマは」

横井はうなずいた。

「で、僕は昨夜、解放後に群馬県警の刑事部に不審車両の捜索を依頼しましたよね。それで刑事部のほうで安中中央署、高崎北署、高崎署にその件を流したんだそうです。

そうしたら、高崎署から高崎経済大学駐車場に駐められていた黒い箱バンのことを報告してきたんだそうです。そこで捜査一課の捜査員が高崎経済大学の駐車場まで出向いてくれたんですよ。それでクルマに戻ってくる学生たちに声を掛けたんだそうです。『昨夜ここにクルマを駐めっぱなしにしていた人はいないか』ってね。そしたら小一時間でふたりが名乗り出たそうです。そのうちの一人の学生が三六〇度二四時間稼働するドライブレコーダーを自分のクルマに搭載してたんです。このドラレコに昨夜の午後一〇時四八分頃、駐車場にバイクで乗り入れた男が箱バンにバイクを積んで出てゆくようすが映っていました」

「ドラレコにナンバーまで記録できていたのですか」

五島が驚いて訊いた。

「いえ、ナンバーは最初にこの車両に気づいた地域課自動車警ら係のパトカーに乗っていた警察官がメモしてました。本当にありがたいです」

織田は顔の前で手を合わせる仕草を見せた。気分が高揚しているに違いない。

「地域課員も捜査一課員も実に勘のいい警察官ですね。うちにほしいくらいだ」

横井は感心したように言った。

「まったく優秀な警察官はたくさんいますね。Nシステムに照会を掛けましたので必ずヒットするはずです。そうは時間も掛からないでしょう」

織田は明るい声で言った。

「一般道だけを使って移動していてもヒットするかもしれませんが、高速使ってりゃ確実ですからね」

横井も負けずに明るい声を出した。

「Nシステムの結果次第で、すぐに出かけます」

織田は力づよく言った。

山中が封筒を手にして戻ってきた。

「野村隆行さん、直人さん父子の顔写真です。送付されてきたデータをプリントアウトしました」

山中はテーブルの上に静かに封筒を置いた。

「ありがとうございます」

織田は封筒から二枚のプリントアウト紙を取り出して、掲げた。

一枚は子どものバストアップの写真だった。

「うん、サイバー・セキュリティ・コンテスト・ジュニア準優勝者のイメージがあるな」

五島が納得の声を出した。

白地に黒のロゴの入ったTシャツを着た子どもが笑っている。

四年生当時のものかはわからないが、一〇歳前後で目鼻立ちの整ったかわいい男の子だ。

明るく屈託のない卵形の笑顔は実に子どもらしい。

瞳(ひとみ)が利発そうに輝き、知的に高い能力を持っていそうだ。さらにどこかに神経質そうな雰囲気が感じられる。

「うわっ、怖そうな顔」

五島は小さく叫んだ。

もう一枚は警察の登録データのものらしい。

無帽で警部補の徽章(きしょう)をつけた短髪の中年男性が写っている。

鋭い眼光と引き締まった口もとが、きまじめで意志の強そうな雰囲気を醸し出している。

四角い輪郭は息子と少しも似ていないが、鼻筋と目元はたしかに父子と思わせる造形だ。

データの下部に学歴や職歴等がずらっと書いてある。

出身は東京都八王子市で、最終学歴は横浜工業大学理工学部卒業とある。

夏希の目を引いたのは、警視庁警備部警護課の勤務経験だ。三〇代の巡査部長時代だ。

「織田さん、野村隆行さんってSPだったんですね」

思わず夏希は興奮気味の声を出した。

「そうですね。警護第四係ですから都知事や各政党要人の警護を担当していたのですね」

織田の声もわずかにうわずっている。

「つまり、逮捕術、格闘術、射撃などに特段にすぐれた能力を持っているはずです。精神的にも知的にも肉体的にもすぐれた警察官ですね。まさに生え抜きと言っていい……もちろん、捜査一課も生え抜きですけどね」

山中の言葉は最後の部分で冗談っぽい調子になった。が、これは事実である。

「それにしては、その後の異動先が所轄の防犯係長というのは役不足ですね」

織田が首をひねった。

「たしかに本庁の警備部内でもっとよいポストに進めそうなものですが……」

横井も同じ考えのようだ。

「いずれにしても野村隆行さんとリアルスミスのイメージは大きくは外れていませんね」

イキイキとした声で織田は言った。

「そうですね……わたしもイメージと乖離(かいり)しているようには思えません」

夏希にも否定できなかった。

壁際の電話が鳴って五島が走り寄った。

「はい、あ、ちょっとお待ちください。隊長、例の箱バン、Nシステムにヒットしたそうです」

五島が差し出した受話器を織田はゆっくりととった。

「織田です、そうですか、ちょっとメモします」

電話の向こうで男の声が聞こえる。

「わかりました。データをうちの代表アドレスに送って頂けませんか。ありがとうございました。感謝申しあげます」

織田は受話器を置くと、夏希たちに向き直った。

「箱バンは高崎インターから関越道に乗っています。埼玉県の鶴ヶ島(つるがしま)ジャンクションから圏央道に移って茅ヶ崎(ちがさき)ジャンクションから新湘南バイパスで藤沢(ふじさわ)方向に進んでいます。その後はNシステムではつかめていませんが、ナンバーからこの箱バンの登録者情報が入りました」

「出ましたか！」

横井の声が弾んだ。

「箱バンはトヨタハイエース。登録している所有者は山川朝男さん。住所は藤沢市片瀬海岸一丁目×××番地です」

織田が口にした片瀬海岸という地名はたしか江の島署のあるあたりだ。

夏希はちょっと胸がキュンとした。

「藤沢ですか。しかし、登録者は野村さんではありませんね」

横井はあごに手をやった。

「とにかく藤沢に行って山川さんという方に話を訊いてみたいです。すぐに出かけます」

「わたしもお供しましょうか」

横井の言葉に織田は首を横に振った。

「いや、横井さんは僕が留守している間の統括をお願いします。長官官房やマスメディアがややこしいことを言ってきたら僕に電話をください」

「了解です。ふつうの対応はおまかせください」

横井は頼もしく請け合った。

「僕は残ったほうがいいですよね」

五島は残るのが当然だという顔つきだった。

このサイバー特捜隊では、どうしても五島は留守番役となるだろう。

「スミスが新しい犯行を予告してくる可能性もあります。五島くんに初期対応をまかせます。それからＳＮＳのチェックも継続してください。大きな変化が現れたら、すぐに連絡をお願いします」

「了解致しました」

元気よく五島は答えた。

「わたしはご一緒したいですな」

山中がにこやかに申し出た。

「いえ、山中さんは野村隆行さんの情報をさらに収集してください。それから継続捜査している群馬県警の情報にも対応して頂きたい。ナシ割りも続いてますし、ほかにも目撃情報等が入るかもしれません」

「承知致しました」

山中は慇懃（いんぎん）な態度で頭を下げると、部屋を出て行った。

「わたし、藤沢に行きたいです」

夏希は正直な気持ちを口にした。

謎解きを織田とともに進めたかったたし、いろいろな事件で何度も行った江の島付近も訪ねたかった。

「真田さんは一緒に来て頂きましょう」

「ありがとうございます」

夏希は素直に頭を下げた。

「五島くん、詳しいことは伝えなくていいですから、妻木くんと大関くんに同行してもらうように言ってください」

「大関くんは運転手ですね。妻木さんも行かせますか」

「彼女、たしか藤沢の出身だったと思うんですよ。土地勘があるんじゃないんですか。そうでなくとも必要なときに記録係などを頼みたいんです。あと、野村さん父子の顔写真データを僕のスマホに送って下さい。そのとき、野村隆行さんの写真は履歴書と分離して警察官とわからないように加工してもらえますか」

「了解です。五分以内にお送りします」

五島は足早に立ち去った。

「わたし、支度してきます」

夏希も椅子から立ち上がった。

「一〇分後に出ますよ。よろしく」

織田がかるい調子で言った。

「了解でーす」

夏希は背中で答えて自分のブースへ向かった。

第四章　清　澄

【1】

三〇分後、大関が運転するアルファードは首都高横羽線を順調に横浜方向に進んでいた。

二列目に麻美が座り、後部座席には夏希と織田が座っていた。

夏希はもちろん、パンツスーツに着替え直していた。

「一時間四〇分くらいで着きます」

ステアリングを握る大関が背中で言った。

高速は横浜の中心部で混雑していたが、そこを通り過ぎると順調に流れ出した。

「麻美さんは藤沢の出身なんですってね」

辻堂出身の沙羅は元気に勤めているだろうかという気持ちが夏希の胸中をよぎった。

「藤沢にいたのは高校卒業までです。それにこれから向かう江の島と違って、北のほうなんですよ。六会ってとこなんで海からはちょっと遠いです。湘南っていう感じじゃないですね」

麻美は自嘲気味に答えた。

湘南地域では海に近い場所に住むことがステイタスなのだろうか。

「それでも、江の島のあたりはよく知ってるんでしょ？」

「ええ、まぁ……」

麻美はあいまいに答えた。

心なしか麻美は疲れているように見える。

夏希はクルマのなかで何度も居眠りしたわけだが、彼女も織田も大関もまったく寝ていないのかもしれない。サイバー特捜隊員はタフな警察官が多いような気がする。

藤沢バイパスを降りると藤沢駅の周辺が若干混んでいたが、駅への交差点を過ぎると海へまっすぐに向かう国道四六七号線は快適に流れていた。

「次の犯行予告がツィンクルに出ました」

スマホを覗き込んでいた織田が、のどの奥でうめくような声で言った。

「えっ！」

夏希はあわてて織田のスマホの画面を見た。


――わたしの昼の投稿を信じない者が多いことに失望した。羽田空港、新幹線、携帯電波、交通系ICカード、銀行ATMを操った能力を見せてやろう。今夜○時ちょうどに東京都内各所に暗黒の夜をお届けする。警察庁サイバー特捜隊の諸君も楽しみに待っていたまえ。

byエージェント・スミス

織田は文面を読み上げた。

「くそっ、スミスのヤツめ」

大関が背中で叫んだ。

「もうやめて……」

麻美は小さく悲鳴を上げた。

「暗黒の夜とはどういう意味でしょうか」

不気味な言葉に夏希の胸に不安が迫った。

「はっきりしませんが電力関係を狙うのかもしれません」

考え深げに織田は答えた。

「停電させるつもりでしょうか」

「可能性はあると思います。五島くんに電話してみます」

うなずいた織田はスマホを耳もとに持っていき、五島に次々と指示を出した。

とは言え、スミスのターゲットがはっきりしない以上は、五島たちが攻撃を防御することは難しいだろう。

「もし停電だとすると、かなり危険な事態が起きますね」

夏希はこころのなかの不安を言葉にした。

「医療関係がいちばん心配です。さらに交通システムの停止や事故……しかし、停電とはっきりしない以上は心配しても始まりません。僕たちはとにかく江の島を目指しましょう」

織田は憂うつそうに答えた。

大関の言葉通り、午後七時半にはライトアップされている龍口寺(りゅうこうじ)の五重塔が見えてきた。

日蓮聖人の龍ノ口法難という伝説の残る地である。日蓮を斬刑にしようとしたら江の島から火の玉が飛んできて刀が折れ処刑に失敗したという話らしい。

龍口寺前の交差点まで来ると、向こうから江ノ電が、路面電車となって道路上を走ってくるのには驚かされた。

クルマは右に曲がって道路左側のドラッグストアの駐車場に入った。

「この裏手が目的地です」

大関が液晶画面を覗き込んで言った。

幸いにもこの駐車場はコインパーキングを兼ねていた。

夏希たちは次々に地面に降り立った。

いくらかひんやりとする夜気に混じって潮の香りが漂ってきた。

海はまだ見ていないが、湘南に来たという気持ちがわき上がってきた。

「この道を入ってすぐの右手です」

なにも見ずに大関は道の先を指さした。

カーナビの地図が頭に入っているのだろう。

ドラッグストアの駐車場とスーパーの間の、クルマがやっと通れるくらいの道に入った。すぐに右に分かれた。

「山川朝男さんのお宅は住所からいうと、あの突き当たりの住宅です」

大関の言葉通り、細道の突き当たりに一軒の家が見えた。

こぎれいだが、それほど特色のない二階建てだった。

スレート葺きで白いサイディング壁は少し薄汚れている。

「あっ！　あのクルマでは？」

大関が叫んだ。

かたわらのカーポートにはブロンズ色の樹脂屋根の下に、たしかに黒いハイエースが駐まっている。隣にシルバーメタリックのアルトも見える。

「間違いないようですね」

織田が浮き立つ調子で言った。

「ええ……」

夏希は短く答えた。

鼓動が少し速まってくる。

麻美はどうしたのか、肩を落としていて元気がない。昨日からの疲労が出てきてしまったのかもしれない。

一階にも二階にも灯りがともっている。住人は在宅しているようだ。

玄関脇の表札には山川の二文字を確かめることができた。

織田と夏希の二人が玄関ポーチに進んだ。

ほかのふたりは少し離れた路上で待機した。

ゆっくりと織田はインターフォンの赤いボタンを押した。

ピンポーンとよくある音色が響いた。

インターフォンから中年くらいの女性の「はい」という声が響いた。

「夜分、申し訳ございません。警察の者ですが、山川朝男さんにお目に掛かりたいのですが」

「はぁ？」

織田はきわめて丁重に声を掛けた。

「警察の者です。ある事件の関係で山川朝男さんにお話を伺いたいのです」

「わかりました」

女性の声は途絶えた。

三分ほど待つと、玄関ドアが開いた。

黒いスウェット上下の陽に焼けた男が出てきた。

年齢は五〇歳くらいだろうか。オールバックの髪型が似合う、ちょっと精悍（せいかん）な感じの男だ。

「警察の方なんですよね？」

男は夏希たちをジロジロと眺めてうさんくさげな声で訊いた。

「山川朝男さんですね」

織田はやわらかく訊いた。

「ああ、そうですが」

山川はぶっきらぼうに答えた。

「夜分に申し訳ありません。警察庁の織田と申します」

織田は警察手帳を提示して名乗った。

「同じく真田です」

夏希も織田に倣った。

「なにかあったんですか……」

山川のけげんな表情は変わらなかった。

織田がツィンクルで話題になっていることは知らないようである。全国民がＳＮＳのユーザーであるわけもない。

「カーポートに駐めてあるハイエースはあなたのおクルマですね」

織田は左手のカーポートを指さして尋ねた。

「ええ……そうですが」

山川の声が少し低くなって目をぱちくりとさせた。

困惑が山川を襲っているようだ。

「あなたは昨日、あのクルマで遠方にお出かけになりませんでしたか？」

とりわけやわらかい声で織田は訊いた。

「うちのクルマが事故を起こしたとでも？」

山川は不安そうに尋ねた。

自分が運転していなくても貸したクルマが事故を起こせば、運行供用者責任を問われて被害者から損害賠償請求を受けることがある。

「いいえ、そういうお話ではありません。事故など起きてはいません。伺ったのは山川さんの問題ではありませんのでご心配なく」

織田は山川を安心させるようにていねいに説明した。

「それならよかった」

ホッとした表情で山川は言った。

「昨日はあのクルマはここにありましたか」

「朝から一日、友だちに貸してました」

山川の口は少しなめらかになってきた。

「やはりそうなのですね。どなたに貸したのですか？」

「釣り友だちで、平岡（ひらおか）っていう人です」

さらりと山川は答えた。

ウソをついているようには見えない。

「平岡さんで間違いありませんか？」

織田はしっかりと念を押した。

「はい、平岡さんです。四〇歳くらいの男です」

では、リアルスミスは野村隆行ではないのだろうか。

「この方ですか？」

織田はスマホで野村隆行の顔を提示した。

五島が加工した写真の野村は白いTシャツを着ている。

「そうそう。もっと髪長いけどね」

山川は何度かうなずいた。

夏希は内心で「ビンゴ！」と叫んでいた。

ついにリアルスミスが正体を現した。

野村隆行に王手を掛けられる可能性が出てきた。

スミスが夜中の0時に予告している「暗黒の夜」を防ぐことができるかもしれない。

夏希の胸は激しく脈打った。

「平岡さんとはどんな関係なんですか」

織田は興奮を抑えているようだ。平板な口調で質問を続けた。

「半年くらいの付き合いの人なんですけど、どうしても一日借りたいって一万円で頼むって言われたんで貸しました。あのクルマはトランポで、ふだんはあまり乗ってないんで」

「トランポとは何のことですか」

織田同様に夏希にもわからない言葉だった。

「トランスポータのことです。趣味でバイクのレースをやってるもんで。レース会場までバイクを運ぶためのクルマなんですよ」

ちょっと嬉しそうに山川は言った。

なるほどトランスポータとして使っているのであれば、野村がバイクを載せた際に泥などが残ったとしても気にならないだろう。

「ふだんはバイクを載せてるんですね」

「ええ、昨日は下ろしときましたけどね。平岡さんもバイクを運ぶって言ってました。だから、積み下ろし用のアルミラダーもそのままにして貸したんですよ。彼が運んだのはレースマシンじゃないだろうけど」

山川の口はさらになめらかになってきた。

趣味に関連した話になると人は饒舌(じょうぜつ)になるものだ。

「平岡さんの連絡先はわかりますか？」

織田は重要な質問に進んだ。

「電話番号はわかりますよ」

なんの気ない口調で山川は答えた。

「教えてくれますか」

「ちょっと待ってください」

山川はいったんドアの向こうに消えた。

夏希と織田は顔を見合わせた。

織田はかるく右目をつむって見せた。

「これです」

すぐに戻ってきた山川は携帯番号の書かれた一枚のメモを手渡した。

「ありがとうございます。住所はわからないですかね」

いちばん知りたい情報だ。

「いや、住所まではちょっと……」

だが、山川は首を横に振った。

「でも、お友だちなんですよね？」

織田は念を押すように尋ねた。

「友だちって言っても、釣り場で会うだけだから……ふたりとも腰越漁港で釣りをするんですよ。土日と祝日とかね。ここから一キロないから歩いてでも行けますよ。ハゼとかアジがよく釣れるんです。キスやメバルも掛かる。うまくいくとクロダイも釣れますからね。それでいい釣果があるとお互いに魚を交換したりしてるんです。そんな仲なんで詳しいことは知らないですね」

ちょっと困ったように山川は答えた。

夏希は驚いた。

腰越漁港と言えば、いつぞやの事件で忘れられない記憶が残る場所だ。

犯人の脅迫に従って小川やアリシアとボートで沖合のプレジャーボートを目指し、

危うく吹っ飛ばされそうになった漁港ではないか。江の島から近いことをあまり意識していなかった。

「ただ、江ノ電の七里ヶ浜駅近くに住んでるって言ってましたね。家から海が見えるって……」

山川は思い出すように空をあおいだ。

「七里ヶ浜の駅近くですか」

織田は確認した。

「そう、七里ヶ浜駅から腰越漁港もここほど近くはないけど、一・五キロくらいですからね。ふたりともだいたい原チャリで釣りに行ってますよ」

「なるほど、原付なら駐めやすいですからね」

「そうそう、クルマだと駐車場代がバカにならないからね」

山川は明るい声で言った。もともと陽気な性格のようだ。

最初はひどく緊張していたのだろう。

「山川さんのご職業を伺えますか。簡単でけっこうです。ついでに平岡さんのお仕事もわかれば教えてください」

織田の言葉に山川はとまどいがちに答えた。

「わたしは長後の自動車工場で事務屋やってます。平岡さんはたしか辻堂のほうの会社に勤めてるって言ってたな、どこの会社かはわからないですよ。なにせ、釣り仲間なんて、しょっちゅう顔合わせてても個人的なことを深く訊いたりしないからね」

この点では以前、沙羅に訊いた飲み屋の常連客同士と同じような関係なのかもしれない。

「夜分にお時間を頂きありがとうございました。もし平岡さんから連絡があったら、わたしにお電話頂けますか」

織田は名刺を取り出して渡した。サイバー特捜隊の代表番号が記してあるはずだ。

「へぇ、織田さんは警視正なんですか！」

名刺を見た山川は目を見張って小さく叫んだ。

警察手帳の証票には氏名と階級、職員番号は記されている。さっき提示したわけだが、ふつうの人は階級まで読み取ることはない。

「はぁ、まぁ……」

織田は口ごもった。

「それってすごくえらいんですよね」

感心したように山川は言った。

「どうでしょう……なにかありましたら、ご連絡どうぞよろしくお願いします」

織田がていねいに頭を下げたので、夏希も同じように身体を折った。

「ご苦労さまです。なんだかわからないけど、事件が解決するといいですね」

解放されるためか朗らかな調子で山川は言った。

「ありがとうございます。失礼します」

織田と夏希は踵（きびす）を返して山川宅から離れた。

ちょっと振り返ると、山川はドアの向こうに消えていた。

大関と麻美が歩み寄ってきた。

「どうでした？」

気負った声で大関は訊いた。

「歩きながら話そう」

織田は先に立って歩き始めた。

「収穫はありました。僕たちを群馬で襲った男は、ほぼ間違いなく野村隆行です。お隣の鎌倉（かまくら）市七里ヶ浜駅近くに住んでいるそうだ。が、住所がわからない」

「七里ガ浜なんですか……」

麻美が声を上ずらせた。

そんなに意外な土地なのだろうか。ここからは近いはずだ。

「ここからも近いですが、七里ガ浜のどこに住んでいるのか……」

歩きながらスマホを取り出した織田は山川から渡されたメモを手にして番号をタップした。

「やっぱりな」

織田は舌打ちした。

「ダメですか」

夏希が訊くと織田は小さく首を横に振った。

「使われてないというアナウンスが返ってきましたよ」

「どうにか、野村の自宅にたどり着けないでしょうか」

じりじりする思いで夏希は訊いた。

「これは専門家に頼るしかないでしょう」

織田は謎のような言葉を口にした。

「専門家ですか」

わけがわからず夏希は織田の言葉を繰り返した。

「ええ……いま連絡してみます」

織田はスマホを手にした。

「こんばんは、警察庁の織田です。ご無沙汰しています。夜分にお電話してすみません」

相手は男だ。なにか答えている。

「実はある被疑者を追ってまして。その男の住まいが七里ヶ浜駅近くで海の見える場所だということまではわかってるんですが、住所がわかりません。ひとつご教授頂けないかと思いましてお電話しました。昨夜、被疑者は龍口寺近くの知人宅に行った後、七里ガ浜の自宅まで帰っていると思うのですが。え……僕ですか。いま、江の島の龍口寺近くにおります。本当ですか！　では、八時ちょうどに七里ヶ浜駅で。どうぞよろしくお願いします」

スマホを手にしたまま、織田は頭を下げた。

「大関くん、七里ヶ浜駅までお願いします」

「了解です」

夏希たちはドラッグストアの駐車場まで戻ってアルファードに乗り込んだ。

大関は駐車料金を支払って運転席に座った。

「すぐですよ」

クルマは静かに前の国道に滑り出した。

左へ進むと片瀬東浜の信号で停まった。

目の前は国道一三四号が左右に走っていて、その向こうは湘南の海だ。

波頭が白く光っている。

天空にはいびつな月が蒼く清澄な光を四方八方に放っている。雲はほとんどない。

右手には黒く江の島の島影が見えて、シーキャンドルという名の展望台を兼ねた灯台が光っている。

この道を右に行くと加藤の所属している江の島警察署だ。夏希もまだ新入りの頃に捜査本部に呼ばれたことがある。なつかしさで夏希のこころはいっぱいになった。

アルファードは交差点を左に曲がった。

夏希は自分が座る二列目の窓を少しだけ開けた。

潮の香りが鼻腔を心地よく刺激する。

アルファードは一三四号を鎌倉方向に進み始めた。

暗い海に長い堤防が突き出ている。

堤防の先には小さな灯台が赤く光っていた。

「腰越漁港だ……」

ため息をつくように夏希ののどから声が漏れた。

「ああ、本当に近いですね」

織田は静かに答えた。

あの夜は小川が必死にオールを使ってくれた。

最後の最後はアリシアに助けられた。

いまはそんなセンチメンタルな気分に浸っている場合ではない。

だが、夏希の脳裏には神奈川県警時代のさまざまな思い出が次から次に蘇ってきた。

あたかも走馬灯のように……。

夏希は馬鹿な思いつきに内心で苦笑した。

臨死の走馬灯がこんなにゆっくりと浮かんでくるわけはない。

アルファードは腰越漁港を通り過ぎ、小動の鼻という小さな岬を越えた。

海と反対側の道沿いに数軒のしゃれた飲食店が並んでいるあたりを過ぎると行合橋という交差点で停まった。

信号が青になると、クルマは左折して踏切の手前で動きを止めた。

左手には小さな川が流れていて小さな橋が架かっている。

「駅前には駐車スペースがなさそうなんです。この橋を渡ると三〇メートルほどで七

里ヶ浜駅です。僕はここでお待ちしていますので、なにかありましたらお電話くださ
い」
　大関が遠慮深げに言った。
「わかりました。青切符を切られるのもイヤですからね」
　織田は冗談めかして言った。
　左側のスライドドアが開いた。
　夏希、麻美、織田の順でクルマから降りた。
　橋のたもとまでくると、すぐ向こうに七里ヶ浜駅の改札口が見えた。
　まだ一〇分ほどの時間がある。
　三人はゆっくりと駅に近づいていった。

【2】

　七里ヶ浜は小さな駅だった。まわりには店舗もあまりない。
　だが、駅の右手すぐのところにスペイン居酒屋、つまりバルがある。
　夜間は人気（ひとけ）のない場所のようだが、昼間はそうでもないのだろう。さすがに観光地

だという気がした。

バルの手前に自販機が並んでちょっとしたスペースがあったので夏希たちはそこで八時を待つことにした。

すぐに下りの電車が着いて一〇人程度の乗客がホームから出てきた。

降車客の多くは行合橋の方向に去っていった。

「ね、織田さん。専門家って誰のことなんですか?」

夏希は訊かずにはいられなかった。

「僕では無理なことができる人ですよ」

織田はケロッとした顔でとぼけた。

「教えてくださいよ」

「そんなこと言ってる間に見えましたよ」

織田は自分たちが来た方角にあごをしゃくった。

暗い道からグレーのスーツを着た男がゆっくり歩いてくる。

背格好に見覚えがある。

街灯に照らされた目の細い四角い顔は……。

「加藤さぁん!」

夏希は思わず駆け寄っていった。

江の島署刑事課強行犯係の加藤清文巡査部長その人だった。

「おう！　真田じゃないか。元気そうだな」

驚いたように加藤は言った。

「はい……」

なんだか胸が詰まってきちんとしたあいさつができなかった。

もちろん加藤は夏希の異動は知らないはずである。

「加藤さん、すみません。わざわざお越し頂いて」

織田は丁重に頭を下げた。

「いや、どうせ働いてたからいいんですよ。仕事はカタがついたしね」

加藤はにっと笑って言葉を継いだ。

「そういやテレビで見ましたよ。織田さん、なんだかとんでもない重責を押しつけられたみたいですね。警察庁初の実働部隊の隊長でしょう？」

まだ加藤はツィンクルの騒ぎを知らないようだ。

もし事件で終日外に出ていたのなら知らなくて当然だろう。

「ええ、まぁ……務まりかねてますが……そうだ。ご紹介します。うちのルーキーで

ＩＴ特別捜査官の妻木麻美巡査部長です」

織田は手を差し伸べて麻美を紹介した。

「はじめまして。妻木です。よろしくお願いします」

麻美は身体を折った。

「江の島署の加藤です。織田さんや真田とは、まぁいろいろ一緒にやってました」

加藤は麻美の顔をじっと見てにこやかに答えた。

「ところで加藤さん、さっき電話でお願いしたことなんですが、どうでしょうか？」

織田は身を乗り出すようにして訊いた。

「うーん、七里ヶ浜駅近くで海の見える家だけじゃあね。何十軒もありますよ。聞き込みにまわれば一週間で見つけ出せるとは思いますけどね」

加藤は難しい顔で答えた。

この加藤の答えに夏希は失望せざるを得なかった。一週間掛けている間に、長官官房の奥平参事官は織田をクビにしてしまうかもしれない。

「やはりそれくらいの時間が掛かりますか」

織田の顔にもありありと落胆の色が浮かんだ。

「残念ですが……安請け合いしたら、かえって迷惑掛けちゃいますからね。まぁ、一週間頂けば、まず見つけ出しますよ」

　優秀な刑事である加藤が言うのだから間違いはあるまい。

「では、お願いします。わたしがいちばん信頼している刑事は加藤さんです」

　織田はきちんと両手を腿あたりにつけて頭を下げた。

「いや、そりゃあ買いかぶりってヤツですよ。俺は最近じゃあ石田にさえ見放されてますからね」

　加藤は淋しそうに笑った。相方を沙羅に取られたと思っているのだろうか。

「わたしは本気で言ってます」

　織田はまじめな顔で言った。

　照れたように加藤は口をつぼめて黙った。

　わずかの沈黙の後、加藤は奇妙なことを口にした。

「役に立つかはわかりませんけど助っ人頼んであります」

「助っ人ですか？」

　織田もぽかんとした顔で訊き返した。

「ほら、来ましたよ」

　加藤は行合橋の方向を指さした。

ひとりの男が歩いてくる。

明るい青の鑑識活動服を着て、右手に白いハーネスハンドルを持っている。ハンドルの先には……。

夏希は走り出してしまった。

黒いスマートな体がぐんぐん近づいて来る。

アリシアは夏希に気づいた。

赤い舌を出し、細い尻尾を激しく振っている。

両耳がピクピク動いている。

ついにアリシアに手が届く位置まで近づいた。

「アリシア！」

叫びながらしゃがんだ夏希はアリシアの首に手を掛けて抱きついた。

「くうん」

夏希はアリシアの首の後ろを何度も両手でなでた。

「アリシア、アリシア、アリシア！」

夢にまで見たアリシアだ。夏希はたまらなくなって何度もその名を呼んだ。

夏希はアリシアのマズル（鼻口部）に頬を寄せてそのぬくもりと匂いの心地よさを

味わった。

「くうぅうん」

アリシアがとまどっているように見える。

夏希はアリシアから身を離し頭をなでた。

つぶらな瞳で夏希を見つめ、アリシアはハァハァと息を吐いた。

アリシアは夏希の頬を鼻先でちょんちょんと何回かつついた。

「なんだよ、真田もいたのか」

小川祐介が夏希を見下ろしてぶっきらぼうに言った。

つっけんどんな、この調子がなつかしい。

「真田さんと呼びなさい」

立ち上がった夏希はいつものように小川をたしなめた。

小川もいつものように不明瞭な発声でごにょごにょと言った。

夏希はいきなり鼻がつんときた。

いつの間にか仲間たちといるのがあたりまえになっていた。

だが、離れることになると、それが自分のなかでどんなに大事なものであるかがよくわかった。

「加藤さん、ありがとう！　アリシアはきっと最大の援軍になりますよ」

織田はいきなりはしゃぎ声を出した。

「お疲れさまです」

それでも小川は織田に対しては頭を下げてきちんとあいさつした。

「小川さん、お疲れのところすみません」

織田はにこやかにねぎらった。

「いや、加藤さんから電話もらったとき、たまたま横須賀の現場からの帰りで一三四号の逗子あたり走ってたんですよ。もう少しで八幡宮から朝比奈に抜けて横横で帰るところだったんでグッドタイミングでした」

「爆弾捜しですか」

織田の問いに小川は顔をしかめてうなずいた。

「ええ、また、ウソの爆弾騒ぎですよ。無駄足でくさってたんで、ちょうどよかったっす」

意外となめらかに小川はしゃべった。

「では、アリシアにすべてを託します」

織田はスーツの内ポケットに手を伸ばすとひとつのポリ袋を取り出した。

証拠品袋だ。

「これは被疑者のザックのチェストストラップの片割れだと思われます」

袋のなかには濃いグレーのナイロンベルトらしきものが収まっていた。幅は二センチくらい、長さは調節できるのだろうが、一五センチくらいだった。よく見るとクイックリリース・バックルのオス側の部品がついている。

「織田さん、それって……」

夏希はあ然とした。あのさなかに織田は証拠の採取に成功したのだ。

そう言えば、織田はあの倉庫でなにかを拾っていた。

たしかにスミスは黒っぽいデイパックを背負っていた。

夏希にも経験があるが、チェストストラップは紛失しやすい。

汗がしみこんでいることも少なくあるまい。

「あのとき床に落ちてたのに気づいたんで、なんとか拾ったんですよ。アリシア。この匂いの持ち主がわかるかな」

織田は証拠品袋からベルトを取り出して掌に載せた。

「さぁ、アリシア、僕たちを案内しておくれ」

アリシアは織田の掌のベルトに鼻先を近づけて何度も何度も匂いを嗅いでいる。

しばらくすると、アリシアはベルトから鼻を離してマズルを水平にした。まるで、なにかを考えるような姿に見えるが、おそらくは空中に漂う匂いを確かめているのだろう。

続けてアリシアは地面に鼻先を近づけて繰り返し匂いを嗅いだ。

「うわんっ」

振り返ったアリシアは一声高く鳴いた。

「おっ、アリシアなにか見つけましたよ」

小川が弾んだ声を出した。

「頼むね、アリシア」

夏希は両手を合わせた。

「行くぞ！　gå!」

小川の指示にアリシアは路面に鼻先を近づけてゆっくりと歩き始めた。

行合橋とは反対の鎌倉高校前駅に続く方向だ。

この道は江ノ電の線路に沿って続いていて最後は一三四号線に出る。

たとえば、山川の家にハイエースを返しに行った野村隆行が、江ノ電で江ノ島から七里ヶ浜を移動したとする。駅から家までは徒歩だからアリシアは匂いをたどれる可能性がある。

加藤のことだから、アリシアを呼んだときにそこまで織り込んで考えていたのだろう。

夏希は加藤の洞察力と鋭い直感にいつも敬意を払っていた。

アリシアを先頭に、小川、夏希、織田、麻美、加藤の順で道路の端を歩いた。

時刻が遅いせいもあって、道路を通る人もクルマもほとんどない。

自動車のすれ違いが厳しい通りの両側には住宅が建ち並んでいて、海側には洒落（しゃれ）たレストランもちらほら見える。道の両側のすべての建物から海が見えるのではないか。

とにかく素敵な場所だ。

七里ヶ浜駅から二〇〇メートルほど進んだあたりだろうか。

アリシアがいきなり立ち止まった。

地面の匂いを嗅ぎ続けているが進まない。

「見失ったか……」

小川がつぶやいた。

夏希はハッと気づいた。

「小川さん、そこに踏切があるよね」

幅一メートルくらいの細い踏切が設けられている。
危険という表示と電車通過時に光る青ランプがあるだけで遮断機はない。
正規の踏切ではないのかもしれない。
「俺もそう思ってたんだ。踏切はしゅっちゅう電車が通るんで匂い消しちゃうからな」
強がりにも聞こえることを言って、小川はアリシアとともに踏切を渡った。
踏切を渡ったところでアリシアはふたたび地面の匂いを嗅いだ。
「うわんっ」
アリシアは小川に向かってひと声吠えた。
匂いの続きを見つけたようだ。
夏希たちは次々に踏切を渡った。
渡ったところからは、崖につけられた細い急な山道となっていた。
もちろん車両は入れない。
野村隆行がバイクを所有しているとしたら、どこか別の場所に置いているのだろう。
幅一メートルに満たない道なので、全員がお団子のようになって上り始めた。
「しめたな……」
いちばん後ろでぽそっと加藤がつぶやいた。

「どうしてですか？」

振り向いて夏希は訊いた。

「この道の奥には住宅が一軒あるだけだ。しかも上り坂はどん詰まり。下から迫れば敵はどこにも逃げられない」

静かな声で加藤は言った。

加藤の前に立つ麻美の顔色がよくない。

「妻木さん大丈夫？」

夏希は不安になって訊いた。

「ええ……」

麻美は言葉少なに答えた。

アリシアは黙々と山道を上ってゆく。ところどころにレンガタイルのようなものが敷かれている。雨でぬかるようなときの対策なのだろう。かなりの急勾配だ。

ところどころにＬＥＤの街灯がともっている。

「妻木さん、なにしてんの？」

不思議そうに加藤が訊いたので、またも夏希は振り返った。

「え……」

麻美は驚いたように加藤を見ている。

「なんかさっきから時計いじってるからさ」

加藤は問いを重ねた。

「これスマートウォッチです。わたし息が切れちゃって……脈みてたんです」

かすれがちの声で麻美は答えた。

「へぇ、スマートウォッチってそんなことできるのか」

加藤は感心したようにうなずいた。

「最近は血圧測れるスマートウォッチも登場してますよ。若いからそんなことないと思うけど……心臓に問題ないよね？」

夏希はさらに心配になって訊いた。

「いえ、そんなことないです」

麻美は小さく首を横に振った。

「胸全体が押さえつけられるような痛みとか、胸や喉が締め付けられるような痛みとか、胸のもやもや感とか、お腹痛いなんてことない？」

相変わらず顔色はよくないし、夏希としては放ってはおけない。

胸部の圧迫感、絞扼感、不快感、そこから派生する腹痛などが見られたら、狭心症を疑う必要がある。

「ぜんぜんそんなことありません」

首を横に振ってはっきりと麻美は否定した。

「でも、心配だから脈見せて」

「大丈夫です。昨日、寝てないからだと思います」

顔の前で手を振って麻美は断った。

しかし、夏希の心配は消えなかった。

虚血性心疾患の発作を起こしたら、一刻を争う事態となる。

織田を通り越して麻美のそばまで下った夏希は、なかば強引に麻美の右腕をとった。

狭心症の発作が起きる前には、頻脈性不整脈がみられる可能性がある。

麻美は顔をちょっと背けていたが、抵抗はしなかった。

あたたかい麻美の手首から速いが正常な鼓動が感じられる。

「速いけど不整脈はないね。坂道を上っているんだからあたりまえだね」

夏希は安堵(あんど)した。本人が言うとおり寝不足のせいだろう。

「すみません、ご心配おかけしちゃって」

情けなさそうに麻美は頭を下げた。

「行きますよ。軍医殿」

その場で待っていた加藤がおどけて眉をひょいと上げた。

「了解です。軍曹殿」

夏希も調子を合わせた。

アリシアと小川、織田も一〇メートルくらい上で待っていてくれた。

夏希たちはふたたび、坂道を上り始めた。

「あ……」

しばらく上ったところで、夏希ののどから声が漏れた。

四〇メートルほど上に一軒の建物が見えてきた。

下から見上げているので規模や構造はよくわからないが、小さな家のようだ。

少し離れた右手のさらに高い位置にはレストランらしき建物が見えて煌々と灯りが光っている。

「さぁ、あと少しですよ」

織田がやんわりと皆を励ました。

アリシアを先頭に、夏希たちはふたたび坂道を上り始めた。

【3】

さらに上り続け、夏希たちはついに建物の玄関の高さまで到達した。

目の前に建っている木造住宅にはシンプルな美しさを感じた。

掃き出し窓が六枚並んで、その前に濃いブラウンの木製テラスが設けられている。

すべての窓のカーテンが灯りで光っている。

壁もまた濃いブラウンの羽目板造りで、屋根は窓枠と同系グレーのスレート葺きだった。

庭はほとんどないが、まわりの雑木林と建物がよく調和している。

このバランスのよさはすぐれたデザイナーによる設計に違いない。

比較的新しく、建ってから一〇年は経過していないと思われた。

もっとも、ローコストで短期間で建てられそうな家でもある。

夏希たちはグレーのアルミドアの前に立った。

表札は掲げられていないが、銀色の呼び鈴ボタンがドアの横にぽつんと設けられていた。

建物内はしんとして物音は聞こえてこない。

「では、お邪魔しましょう」

織田はいくぶんこわばった声で言うと、ゆっくりと呼び鈴ボタンを押した。

カリヨンに似た電子音が響いた。

「こんばんは、野村さん」

ふたたび織田は呼び鈴を鳴らした。

電子音はきらびやかに響く。

夏希の隣で麻美が震えている。

「大丈夫？」

ささやき声で夏希は訊いた。

「はい……大丈夫です」

消え入りそうな声で麻美は答えた。

寝不足とは思えない症状だ。しかし、虚血性心疾患ほどに顔色が悪いとも思えない。

夏希は後でしっかり麻美を診てみようと思った。

だが、いまはとにかく捜査が優先である。

「野村さん、いらっしゃいませんか」

パッと家中の照明が消えた。

「俺は庭にまわります」

加藤がさっと動いた。

「俺たちも行きます」

小川がアリシアを連れて加藤のあとを追った。

いくら呼び鈴を鳴らしても玄関からは誰も出てこなかった。

「野村さん、お留守ですか」

ふたたび織田が呼びかけたときだった。

「なにをするんだ。入って来るなっ！」

建物の内部から男の声が響いた。

夏希たちは気ぜわしく庭にまわった。

テラスに小川とアリシアがいた。

右端の掃き出し窓が開かれている。

月光で照らされた室内を覗きこんだ夏希はあっと声を出した。

加藤の背中が立ちはだかり、そのむこうにふたりの人影があった。

写真で見た野村隆行と直人の父子がいた。

だが……。

目にした光景に夏希の胸はぎゅっと締めつけられた。

直人は車椅子の少年だった。

グレーのスウェット姿の直人は、写真よりもいくらか成長していたが、ずっと痩せていた。

夏希には想像もできなかった事実だった。

紺色のジャージ姿の隆行は、車椅子のハンドルを両手で握って目を怒らせている。

隆行は警察に登録されていた写真よりもずいぶん老けて見えた。山川が言っていたとおり、ちょっと長めのラフなヘアスタイルで、年齢の割には白髪も目立っていた。

ただ、精悍な雰囲気は変わらなかった。

「どこにも逃げられない。素直になったほうがいい」

加藤がしんみりとした声で言った。

夏希と織田は次々にその部屋に入った。

シングルベッドと壁に沿って窓の下いっぱいに伸びている机が視界に入った。

机上には五台のパソコンが起動している。

「ここまで追い詰められた以上、逃げるのは無理とわかっている」

隆行はのどの奥でうめくように言った。

間違いない。あの群馬の山奥の倉庫で聞いた声だ。

「そうだ、残念ながらあんたは逃げられない。俺もあんたを逃がしはしない」

加藤は一語一語はっきりと発声した。

言うまでもなく、車椅子の直人とともに坂道を逃げることは不可能だ。

「俺も素人じゃない。ここを突き止められた時点で俺の負けはわかっている」

隆行は低い声で言った。

直人はなにも言わず、おびえたように夏希たちを見ている。

「野村隆行さんですね。今夜、わたしがどうしてこんなかたちでお邪魔したかはご理解なさっていますね」

織田は隆行に静かに呼びかけた。

「ああ……織田さん、あんたのほうが賢かったみたいだ。さすがは優秀なキャリアだな」

隆行はあきらめたような顔で平らかな声を出した。

「では、ご同道願えますね」

織田の問いに隆行は首を横に振った。

「俺が捕まったらこの子はどうなる？　歩くことができないんだぞ。俺がついてなかったら飢え死にしてしまう」

悲しみのこもった隆行の声だった。

「南成瀬小学校の先生は直人くんのお身体の話はしていませんでした」

静かに織田は続けた。

「あの学校に問い合わせたのか。先生たちには知らせていない。この子がこんな不自由な状態になったのは二〇二一年の一月だ。正月休みにこの子とふたりで福井県立恐竜博物館に行ったときのことだ。この子は小さい頃からパソコンと同じくらい恐竜が好きでね。サイバー・セキュリティ・コンテスト・ジュニアに準優勝したご褒美のつもりでもあったんだ。この子はすごく喜んでくれてね」

隆行は遠くを見つめるような顔つきになった。

「だが、この子と俺の運命はあの日から暗転した。駐車場にクルマを駐めて博物館に向かう途中の道で事故が起きた。暴走してきた老人のクルマにはねられたんだ。救急搬送された福井大学医学部附属病院でも最初は首を傾げる状態だった。いつ死んでもおかしくなかったんだ。だが、この子はつよかった。七回の手術を乗り越えて俺のところに還ってきてくれた」

直人の頭をなでて隆行は言った。

車椅子の上で直人は小さく震えている。

「大変な思いをなさったんですね」

織田の声にはあたたかさがこもっていた。

「いや、大変なのは症状が固定してからだった。脊椎に受けた損傷は治らなかった。この子はそれからずっと車椅子生活だ。運転していた老人は事故の際のケガで死んだ。老人には家族もおらず、じゅうぶんな補償を受けることもできていない。いまはわたしとホームヘルパーさんでなんとかケアしているが、仕事は辞めざるを得なかった。SPから防犯係に異動させてもらったのも、この子の母親ががんで死んだことがきっかけだ。SPの勤務ではこちらの都合で休暇はまず取れない。この子と過ごす時間を増やしたくて防犯係に移してもらったんだ。だが、あの事故からは仕事を続けること自体が不可能になった」

隆行は暗い顔で言った。

「それでこの家に？」

織田は静かに訊いた。

「この子は海の見える家に住みたがったんだ。どこにも行けないこの子がいちばん好きな景色として選んだこの場所に建っていた別荘を買った。南成瀬の家を売ってね。この子は毎日この眺めを見ることが楽しみなんだ」

「そんな暮らしを続けていけばよかったのではないですか」

「俺がまともに働けないのに、どうやってずっと続けていけるというんだ。だから、この子が一生不自由しない環境を用意しようと考えた」

「マルウェアによる身代金要求ですね」

だが、隆行は激しく首を横に振った。

「違う。そんなもんではチビチビしか稼げない。身代金を支払うのは中小企業ばかりだ。一〇〇万だの二〇〇万だのが限界だ。大企業や政府はそう簡単には払わない。たとえば二月のトヨタグループの例を見てみろ。現に俺たちが東京航空交通管制部に一〇〇万ドルを要求しても国も航空会社も最初から支払う気はなかっただろ？　この子が一生しっかりしたケアを受け、ぜいたくに暮らせる環境がほしかった。俺だっていつかは死ぬ。いや、明日病気でぽっくりいっちまうかもしれない。この子の一生はまだ七〇年もあるかもしれないんだ」

隆行はつらそうな表情で言った。

「どんな方法を考えたのですか？」

織田は身を乗り出した。

「誰にも負けぬこの子の能力を世界中の巨大クラッカー集団に買ってもらうことさ」

隆行は堂々と言い放った。

夏希はあっと声を出しそうになった。

それならすべての疑問が氷解する。だからこそ身代金の要求も本気ではしなかったのだ。また、すべてのシステム障害をさっさと終息させたのだ。また、日本一の対クラッカー集団として生まれたサイバー特別捜査隊に対して挑戦を突きつけたのだ。すべての記録は残してあるだろうから、いわば、クラッカー集団に対して提示する直人の能力のカタログを作っていたのだ。

「その集団はトロンプ・ルイユですか？」

織田の言葉に隆行は目をみはった。

「よくその名前を知っていたな」

隆行は驚きの声を上げた。

「たまたま入った情報です。詳しくはこれから調べるつもりでした」

「トロンプ・ルイユはルクセンブルク大公国に根拠を置くクラッカー集団だ」

「ルクセンブルクはユーロ圏を代表する国際金融センターですね」

実は夏希はルクセンブルクをよく知らない。

「そうだ。それに移民の流入には積極的な国だ。クラッカー集団としては居心地がよいらしい。とにかくトロンプ・ルイユにいくつかの大手インフラのクラッキングなどの手際を見せつけてこの子の天賦の才を買ってもらおうと交渉していた。もう少しでこの子はトロンプ・ルイユに高級メンバーとして迎えられるところだったんだ。そうすればたくさんの介助の人手も確保できる。一生を安泰に暮らせる。ヨーロッパアルプスでも南仏でもどこでもヴァカンスが過ごせる。俺はそうした環境をこの子に与えたかったんだ」

少しも悪びれずに隆行は言い放った。

「お気持ちはわかります。しかし、それは直人くんにとって正しいことではありません」

織田の言葉に隆行は歯を剝き出した。

「そんなことはあんたに言われなくたってわかってる。だけどな、俺はそんなきれいごとを言えるような身分じゃないんだ」

吐き捨てるように隆行は言った。

「だから、僕たちも標的にしたのですね」

織田は隆行の目を見て静かに尋ねた。

「俺は警察という職場には世話になった。恩こそあれ、恨みなどはない。だから、本当はあんたたちを攻撃するのは楽しいことじゃなかった。だが、トロンプ・ルイユに直人を売り込むためには、警察庁のサイバー特捜隊さえ攻撃できる力を持つことを世間に示したかったんだ」

うめくような声で隆行は答えた。

「繰り返しますが、その選択肢は誤っています。直人くんは刑事未成年ですから罪を問うことはできません。しかし、彼が成長したときに自分の人生を認められない日がやってくるはずです。人には捨ててはいけないものがある。それは自分の気持ちに正直に生きることです」

哲学者のような顔つきで織田は言った。

「織田さん、あんたに挑戦したのが間違いだったみたいだな」

隆行は自嘲気味に言った。

「あなたの群馬県での行動が命取りになりましたね」

静かな声で織田は言った。

「残念ながらその通りだ。直人はミスを犯さなかったのに、俺がすべてを台無しにしたんだ」

のどの奥で隆行は奇妙な笑い声を立てた。

「こういう結果になったことを僕は喜んでいます。直人くんは人並み外れた才能を持っている。僕みたいな凡人とは違う。彼は天才です。必ずその才能を活かせる日が来ます。新たな人生を歩み直してほしいと切に願います」

織田はあたたかい声を出した。

「やっぱりあんたはきれいごとを並べるばかりの人だな」

暗い声で隆行は言った。

そのときだった。

テラスから脱兎のように誰かが飛び込んできた。

妻木麻美だった。

「麻美……まさかおまえ……俺たちを売ったのか……」

隆行の声が大きく震えた。

「違うっ」

麻美が壁を震わすほどの大声で叫んだ。

なにがなにやらわからなかった。

「妻木くん、君はいったい……」

織田もあっけにとられて言葉が出ない。

「じゃあ、なんでこいつらと一緒にいるんだ。直人を裏切ってここの家を教えたんじゃないのか」

隆行も大声で叫び返した。

「義兄さん、なんて悲しいこと言うの。わたしは直ちゃんを愛してる。義兄さんと姉さん以外では直ちゃんを世界一愛してる。わたしが直ちゃんを裏切るわけないでしょっ」

髪を振り乱して麻美は叫んだ。

「そんな……」

夏希は呆然として力が抜けた声を出した。

麻美は直人の叔母なのだ。

「どうしようもなかった。わたしにはなにもできなかった。そばにいつも誰かしらいるから、義兄さんたちに逃げろって連絡することもできなかった」

麻美は苦しげな声で言った。

彼女は体調が悪かったわけではなかった。

期せずして隆行の逮捕に向かう羽目に陥ってしまったわけだ。

ここへ上る坂道でスマートウォッチを操作していたのも、野村父子(おやこ)にメールを入れようとしていたのだろう。

「つい、昨日のこと。直人からクラッキングを始めたことをメールで聞いてしまった。でもね、わたしはサイバー特捜隊員なんだよ。どうすればいいって言うの。直人と義兄さんを捕まえることを手伝えるわけがない。でも、わたしは織田隊長を尊敬している。ほかのみんなも大好きだった。みんなを裏切ることもできない。わたしがどんなに悩んだかわかる」

麻美の声はほとんど泣いているように聞こえた。

「そうだったのか」

隆行はうめくように言った。直人が麻美に連絡したことは知らなかったようだ。

「まさかそんなことが……」

夏希も言葉を失った。

サイバー特捜隊に配置されるくらいだから、麻美はとりわけ優秀なサイバー捜査員であるに違いない。直人とは同じ血が流れているのだろう。脳の構造には遺伝的素質が大きく関与することは言うまでもない。

「麻美、もうわかった。おまえを苦しませて悪かった。おまえが直人をどれだけかわいがってくれたかはよく知っている」

沈んだ声で隆行は言った。

部屋のなかに沈黙が漂った。

「織田さん、俺が逮捕されたら、直人は生きていけないんだ。わかってくれ」

隆行はのどの奥から言葉を絞り出した。

「えっ！」

夏希は叫び声を上げた。

いつのまにか隆行の手にはナイフが握られていた。

キャンピングナイフのような小さなナイフだが、殺傷能力はじゅうぶんだ。

「よせっ」

加藤が激しい声で叫んだ。

隆行は直人の首にブレードを突きつけた。

「ひっ！」

直人は反射的に首をすくめた。

「すまん、直人、パパはおまえを守ってやれなかった。一緒にママのところに行こうな」

論すように隆行は直人に言った。

頸動脈を突き刺すか引き切れば万事が終わる。

直人の小さな生命は流れ星のように消え去る。

月光に銀色の反射がギラリと光った。

「怖いよ。パパ……」

直人が血の気を失って小刻みに震えている。

「すぐに楽になる」

隆行の声は泣いているようにも聞こえた。

「やだよぉ。僕死にたくないよぉ」

直人は首を縮めてガクガクと身体を揺すっている。

無意識な身体の動きだ。

夏希の背中に汗が噴き出した。

「許してくれっ」

隆行は右手のナイフハンドルに力を入れた。

直人の首筋を突き刺そうとしている。

「待ってっ」

いきなり麻美が隆行に向かって突進した。

「なにをするっ」

隆行は予想もしなかった麻美の攻撃にひるんだ。

「直ちゃんを殺すならわたしも一緒に殺してっ」

麻美は前面から直人を抱きしめる姿勢をとった。

思わず隆行はナイフを直人の首から離した。

「おい、麻美、やめろっ」

「やめない。わたしから殺してっ」

麻美は直人を抱きしめたままで叫んだ。

「危ないっ、麻美、早く離れろっ」

夏希も織田も声も出せずに立ち尽くしていた。

そのときだった。

夏希の背後から黒い影が駆け寄った。

一陣の風のように影は夏希の横を通り抜ける。

隆行の身体にアリシアが飛びかかった。

「うわわっ」

隆行が悲鳴を上げた。

アリシアが隆行の右手首に噛みついたのだ。

「よせっ」

隆行はナイフを放り出した。

「よっしゃ」

加藤が隆行に飛びかかった。

「ぐえっ」

素早く加藤は隆行の右手首を摑んでねじ上げた。

アリシアは隆行からさっと身を離した。

ナイフは織田が拾い上げてポケットに入れた。

「馬鹿なマネはやめなさい。誰もが苦しむ結果を生んでどうするんです」

冷静な口調で織田は隆行をたしなめた。

「わ、わかった。もうなにもしない……」

力なく隆行は答えた。

加藤は隆行の右手を放した。

「僕ね、もっとマンガ読みたいよ。ゲームだってまだまだやりたいよ。まだ一一年しか生きてないんだよ。死ねると思う？」

直人は次々に言葉を口に出した。

「な、直人……」

隆行はがくりと肩を落として立ち尽くした。

直人は全身から力が抜けたように座っている。

麻美は直人の胸のあたりに顔をうずめたまま背中を震わせていた。

夏希も全身からくたくたと力が抜けてしまった。

しばらく室内には沈黙が続いた。

麻美は直人から身を離して立ち上がり、気まずそうに織田に頭を下げた。

うなずいた織田は直人に向き直った。

「直人くん、あなたには言わなければならないことがあります」

織田は直人に向き直って厳しい声音を出した。

「はい……」

直人は首をすくめた。

「あなたは天性の素晴らしい才能をよいことに使っていませんでした。多くの人があなたのために迷惑を被ったことはきちんと自覚しなくてはなりません。銀行で、駅で、道路で、空港で、困った人がたくさんいます。スマホが使えなくて困った人もたくさんいるのです。いまのところ報告は聞いていませんが、生命や身体に被害が及ぶ可能性もあったのです」

織田は直人の瞳(ひとみ)を見つめて切々と説いた。

「そんな人もいるんですか」

直人は目を見開いた。

「携帯回線に障害が起きたせいで、危険な思いをした人がいないとは言えません。道路に誤情報を流されたせいで救急車が遅れたおそれだってあるのです」

織田は噛んで含めるように言った。

「僕、そんなこと、ちっとも考えなかった」

直人は悄然(しょうぜん)と肩を落とした。

「結果をしっかり予測してから、人間は行動しなくてはなりません。直人くんのクラッキングは大変に危険な行為だったんですよ」

織田はつよい口調で言いきった。

「ごめんなさい」

直人の両目から涙があふれ出た。

こうして見ていると、直人はふつうの小学生にしか見えない。

とてもあれだけの大胆なクラッキングを行った人間とは考えられない。

やはりこの子はギフテッドなのだ。

人並み外れた知能のレベルに精神の発達が追いついていないのだ。

「最後の予告はなにをするつもりだったのかな……暗黒の夜を届けるっていう……」

織田は直人の目を見つめながら訊いた。

「東京のある変電所のシステムを停めるつもりでした」

小さい声で直人は答えた。

「停電なんかを引き起こしたら、病院の機器などが停まったり、交通システムが影響を受けて人の生命に危険が出ることもあるのですよ」

諭すように織田は言った。

直人はうつむいて唇を噛んだ。

「インフラへのクラッキングは、なんの責任もない人にたくさんの被害を与えかねない、とても危険な行為なんですよ」

織田はゆっくりと言葉を重ねた。

「はい……」

消え入りそうな声で直人は答えた。

「わかりましたか」

「はい、わかりました。もうあんなことはしません」

天才少年は素直にうなずいた。

「天国のお母さんに誓ってください」

織田は直人の目を見つめて言った。

「ママに誓ってもう二度とクラッキングはしません」

直人は少し目を吊り上げて言った。

「よろしい。いまの言葉を忘れないように」

織田は畳みかけるように言った。

「はい、ぜったいに忘れません」

しっかりとした口調で直人は答えた。

「直人くんは一四歳未満の刑事未成年ですので刑事処分に付すことはできません。しかし、神奈川県の児童相談所に通告しなくてはなりません。一時的保護扱いになる可能性はあります。わたしが直接通告します」

織田は隆行に告げた。

「承知しています。よろしくお願いします」

隆行は深々と頭を下げた。

「残念ながら隆行さんの行為は不問に付すことはできません。これから汐留まで一緒に行ってもらいます」

織田は宣言するように言った。

「覚悟していますよ。でも……」

隆行は悲愴な顔で言葉を呑み込んだ。

「そうなんです。直人がひとりになってしまうんです。この子はひとりでは生きてゆけないのです」

麻美は悲しげな声を出した。

「僕はパパといたい。ひとりは怖い」

直人は淋しげに言った。

「直人くんはひとりにはならない。妻木くん、あなたが彼と一緒にいてあげてください」

織田は諭すように言った。

「でも……」

麻美はとまどいの顔で言葉を呑み込んだ。

「妻木くん、確認したいことがあります」

織田がふたたび冷静な声を出した。

「はい」

「あなたはサイバー特捜隊員として自分に恥ずべき行いをしたのですか？」

織田は麻美の目をじっと見つめた。

力なく麻美は首を横に振った。

「直人のためになにかしたい。そう思いつつ、尊敬する隊長やみんなのことを考えるとなにもできませんでした」

「では、問題ないでしょう」

あっさりと織田は答えた。

「ですが、わたしも罪を犯しました。直人と一緒にはいられません」

悄然と麻美は肩を落とした。

「あなたがなんの罪を犯したというのです？」

織田は麻美の目を覗（のぞ）き込むようにして尋ねた。

「わたしは義兄と直人がスミスの実行犯だと知りながら、そのことを報告しませんでした。わたしは警察官ですから、これは不作為の犯人隠避罪に当たります」

一般人はなにもしないことで犯人隠避罪に問われることはない。

犯人を知っていて黙っていても、それだけでは罪にならないのだ。

捜査機関などに尋ねられてウソを言えば別だが。

しかし警察官は話が異なる。逮捕すべき義務を負っているからである。

麻美の言葉を無視して織田は直人に近づいて身体を曲げた。

「直人くんに司法警察職員織田信和として訊きます」

「はいっ」

直人は車椅子の上で姿勢を正した。

「あなたは、ここにいる妻木麻美に対して自分がクラッキングしていることを告げましたか？」

裁判官のような口調で織田は直人に尋ねた。

「いいえ織田警視正、そのようなことは一切ありません」

直人は利発そうに目を輝かして答えた。

織田の考え方をきちんと把握できているようだ。

「了解しました。司法警察職員の織田がきちんと事情聴取しました。刑法第一〇三条に規定する犯人隠避罪の被疑者、妻木麻美。あなたの嫌疑は晴れました。直人くんの面倒をしっかり見てあげてください。でも、今日はとりあえず一緒に汐留に戻りましょう。もちろん直人くんも一緒です」

織田の提案に夏希は驚いた。しかし、心理状態が不安定な麻美のためにはいちばん安全な方法に違いない。また、直人をここにひとり残せないのは自明の理である。

「わかりました」

麻美は床に膝（ひざ）をついた。

フローリングの床に涙がぽろぽろと落ちた。

「直人くん、日本一のクラッカー撃退集団の秘密基地に案内しよう」

織田はその場を明るくするような口調で言った。

「やったぁ。スパコンも見られるんだ」

急に子どもらしい態度に変わって直人は喜びの声を上げた。

「え、なんでうちがスーパーコンピューター持ってるの知ってるの？」

織田は驚いて訊いた。

「警察庁は入札やったでしょ？　募集のときの情報、ネットに公開されてるよ」

直人はつまらなそうに答えた。

「そうか……公開情報か」

織田は小さくうなった。

「ついでに訊くけど、昨夜、僕たちが群馬から長野に移動した行動をどうやって摑(つか)んだのかな？」

「ああ、あれは簡単だよ。群馬から長野に向かってるパトカーのＧＰＳ位置情報を警察署からもらっただけさ」

直人はなんでもないことのように答えた。

「そんな方法を使ったのか……」

「あのね、情報ってのは人間が漏らすんだって」

箴言(しんげん)めいた直人の口調はスーパーハッカーにふさわしかった。

「明日(あした)から全隊員に盗聴器をつけることにしました」

織田は夏希や麻美に向かって言った。

もちろん冗談だが、夏希はやっといつもの陽気さが戻った織田に調子を合わせた。

「いや、わたしそんなのイヤです。居眠りしているときのいびきなんか聞かれたくないです」

加藤と小川が声を立てて笑った。

「織田隊長、わたし、直人のためにこれからなにから手をつければいいのでしょう」

途方に暮れたような麻美の言葉だった。

「直人くんに関する各種の公的扶助については横井さんから教えてもらうように。明日の金曜日は年次休暇を取ることを希望します。週末は直人くんのそばにいてあげて下さい」

織田の配慮は行き届いていた。

「あのさ、織田さん」

隆行が磊落（らいらく）な口調で声を掛けた。

「なんでしょう」

織田は隆行に向き直った。

「やっぱりあんたみたいな人に挑戦するのが馬鹿げてた。あんたって人間そのものがきれいごとでできてる。きれいごとを真正面から生きてる。それでいて警察官なんだからイヤになるね。ははは……完敗ですよ」

本人の言葉通り、エージェント・スミスの敗北宣言だった。

「では、ふたたび乾杯できる日のために、これから頑張っていきましょう」

織田はにこやかに答えた。

「でも、あんたギャグはからきし下手だね」

隆行がおもしろそうに言った。

「完全に同意」

加藤が無表情に言った。

隆行は思わず失笑した。

織田は無視してスマホを取り出した。

「大関くん、GPSで僕らのいる場所わかるかな？　うん、じゃあすぐに来てくれないかな。青切符？　罰金は僕が払うよ。君でなければできない仕事だ。王子くんをクルマまで負ぶってもらいたい。ちょっと足が不自由なんだ。とにかくすぐにこっちへ来てくれ」

織田は電話を切ると、肩をグルグルと動かした。

さぞ荷が重かった四日間だっただろう。

「大関さんなら適役ですね」

夏希の言葉に織田はニッと笑った。

「あんなにいい身体なのに運転ばかりじゃもったいないから少しは働かせなきゃね」

すべての問題を解決できた解放感からか、織田はいくらかはしゃいでいる。

「隊長……ありがとうございました」

聞き取れないような小さな声で麻美は言った。

「大変だろうけど、頑張ってください。僕たちはみんな妻木くんの仲間です」

織田はあたたかい声で言った。

「わたし、ほかの場所では二度と働けません」

麻美の両目には涙があふれていた。

「さぁ、応援が来るまで月見しようじゃないか」

加藤が明るい声で言ってテラスにどかんとあぐらを掻(か)いた。

「明日が卯月(うづき)十三夜ですよ」

夏希はテラスに両膝(りょうひざ)をついて座った。

隣にハーネスを外したアリシアと小川が座った。

「あのさぁ、ちょっと思ったんだけど……」

小川が声を掛けてきた。

「アリシア、ナイスプレイだったよ」

夏希はアリシアの頭をなでた。

アリシアは黒い瞳で夏希をじっと見ている。

ときどき、ふうんと鼻を鳴らす。

「当然でしょ」

小川はそっくり返った。

「で、なに？」

「織田さんって、やっぱキザメンだよな？」

小さい声で小川は言った。

「完全に同意」

「だよね？」

夏希と小川は顔を見合わせて笑った。

「でも、そこがいいとこなんだよなぁ」

「なに？　そこが好きなわけ？」

小川の声が尖っている。

「好きとか言ってないじゃん」

ささやき声で夏希は答えた。

月の光を浴びて大関の長身が坂の下から現れた。

大関はテラスからぐるりと室内を見まわした。

「皆さん、本当にお疲れさまです」

事態のおおまかな推移を大関は予測できているようである。

「王子さん、お部屋にいますよ」

夏希は直人を指さした。

「了解です。かわいい子だね」

大関は部屋に上がっていった。

「君が王子くんか。さぁ、お兄さんの背中に負ぶさって」

やさしい声で大関は直人に背中を向けた。

「頼むね。おっちゃん」

直人は平気で神経を逆なでする。なかなかしたたかな子どもだ。

「おい、お兄さんだろ？」

大関は余裕の笑みで返した。

「おっちゃん、どんなゲームが好き？」

さっきも言っていたが、直人はゲーム好きらしい。

「そりゃ《リングフィットアドベンチャー》かな」

「やっぱ、脳筋系か……」

　直人がせせら笑った。

「ひでぇこと言うなぁ」

　大関は頬を膨らませた。

「だって俺、あのゲームできないもん」

　大関の言った《リングフィットアドベンチャー》は Nintendo Switch 専用のフィットネスソフトだ。通常はリングコンやレッグバンドというインターフェイスを装着して全身を動かしてプレイする。立つことのできない直人にはプレイが難しいはずだ。

「あ、すまん」

　大関は自分の頭をピシャッと叩いた。

「負ぶってもらうから帳消しにしてやる」

　居丈高な調子で直人は言った。

「ありがとうございます」

　大関は肩をすぼめた。

「ま、気にすんなって」

　すっかり上から目線の直人だ。

賢い彼は、あえて明るく振る舞うことで、父親と離れるこれからの日々への不安を振り払おうとしているのかもしれない。

夏希の心のなかで直人に対するいじらしさがあふれた。

隆行父子（おやこ）や麻美のこれからの日々にはたくさんの苦難が待ち受けているに違いない。

考えるだけでつらさが夏希を襲う。

だが、彼らにもそうした日々を支えてくれる仲間が現れるに違いない。

夏希は自分がたくさんの仲間に囲まれている幸せを感じて日々を生きている。

サイバー特捜隊に来てからのわずかな日々で夏希は織田の影響をつよく受けたようである。

人はきれいごとをいつも考えて生きるべきなのだ。たとえそれが遠くて届かないものであっても……。

きれいごとを忘れて生きると、人間は淋（さび）しく苦しい人生を歩むことになるのだ。

「うわーっ」

眼下の景色を眺めた夏希はいまの状況を忘れて詠嘆の声を上げた。

天空の月が照らす海は、視界いっぱいの波が作る綾織物（あやおりもの）のように見える。

右手にはシーキャンドルが明滅する江の島が浮かび上がり、左手には由比ガ浜の黒い海岸線の向こうに逗子マリーナが光の林を作っている。
こんなに幻想的な海辺の景色を夏希は初めて見た。
故郷である函館とはまた趣の異なる夜景の美しさを夏希は知った。
月はいよいよ蒼く、波はさらに輝く夜だった。
眼下の相模灘の輝きを夏希は一生忘れないだろうと感じていた。

本書は書き下ろしです。
本作はフィクションであり、登場する
人物・組織などすべて架空のものです。

脳科学捜査官　真田夏希

イリーガル・マゼンタ

鳴神響一

令和4年 8月25日　初版発行

発行者●堀内大示

発行●株式会社KADOKAWA
〒102-8177　東京都千代田区富士見2-13-3
電話　0570-002-301（ナビダイヤル）

角川文庫 23287

印刷所●株式会社暁印刷
製本所●本間製本株式会社

表紙画●和田三造

●お問い合わせ
https://www.kadokawa.co.jp/（「お問い合わせ」へお進みください）
※内容によっては、お答えできない場合があります。
※サポートは日本国内のみとさせていただきます。
※Japanese text only

ISBN 978-4-04-112825-1　C0193

角川文庫発刊に際して

角川源義

第二次世界大戦の敗北は、軍事力の敗北であった以上に、私たちの若い文化力の敗退であった。私たちの文化が戦争に対して如何に無力であり、単なるあだ花に過ぎなかったかを、私たちは身を以て体験し痛感した。西洋近代文化の摂取にとって、明治以後八十年の歳月は決して短かすぎたとは言えない。にもかかわらず、近代文化の伝統を確立し、自由な批判と柔軟な良識に富む文化層として自らを形成することに私たちは失敗して来た。そしてこれは、各層への文化の普及滲透を任務とする出版人の責任でもあった。

一九四五年以来、私たちは再び振出しに戻り、第一歩から踏み出すことを余儀なくされた。これは大きな不幸ではあるが、反面、これまでの混沌・未熟・歪曲の中にあった我が国の文化に秩序と確たる基礎を齎らすためには絶好の機会でもある。角川書店は、このような祖国の文化的危機にあたり、微力をも顧みず再建の礎石たるべき抱負と決意とをもって出発したが、ここに創立以来の念願を果すべく角川文庫を発刊する。これまで刊行されたあらゆる全集叢書文庫類の長所と短所とを検討し、古今東西の不朽の典籍を、良心的編集のもとに、廉価に、そして書架にふさわしい美本として、多くのひとびとに提供しようとする。しかし私たちは徒らに百科全書的な知識のジレッタントを作ることを目的とせず、あくまで祖国の文化に秩序と再建への道を示し、この文庫を角川書店の栄ある事業として、今後永久に継続発展せしめ、学芸と教養との殿堂として大成せんことを期したい。多くの読書子の愛情ある忠言と支持とによって、この希望と抱負とを完遂せしめられんことを願う。

一九四九年五月三日

角川文庫ベストセラー

警視庁特例捜査班
幻金凶乱
矢月秀作

警視庁マネー・ロンダリング対策室室長の一之宮祐妃は、疑惑の投資会社を内偵するべく最強かつ最凶の〈チーム〉の招集を警視総監に申し出る――。仮想通貨をめぐる犯罪に切り込む、特例捜査班の活躍を描く！

プラチナ・ゴールド
警視庁刑事部SS捜査班
矢月秀作

警視庁の椎名つばきは、摘発の失敗から広報課に異動となった。合コンが大好きな後輩・彩川りおの交通安全講習業務に随行していたところ、携帯基地局のアンテナを盗もうとする男たちを捕らえるが――。

刑事に向かない女
山邑圭

採用試験を間違い、警察官となった椎名真帆は、交通課勤務の優秀さからまたしても意図せず刑事課に配属されてしまった。殺人事件を担当することになった真帆の、刑事としての第一歩がはじまるが……。

刑事に向かない女
違反捜査
山邑圭

都内のマンションで女性の左耳だけが切り取られた絞殺死体が発見された。荻窪東署の椎名真帆は、この捜査でなぜか大森湾岸署の村田刑事と組まされることになる。村田にはなにか密命でもあるのか……。

刑事に向かない女
黙認捜査
山邑圭

解体中のビルで若い男の首吊り死体が発見された。男は元警察官で、強制わいせつ致傷罪で服役し、出所したばかりだった。自殺かと思われたが、荻窪東署の刑事・椎名真帆は、他殺の匂いを感じていた。